4DX《フォー ディー エックス》!!

晴《はる》とひみつの放課後《ほうかご》ゲーム

こぐれ 京《きょう》・作
池田春香《いけだはるか》・絵

角川つばさ文庫

もくじ

人物紹介《じんぶつしょうかい》

春山《はるやま》 晴《はる》

ちょっとぼっちな中学生《ちゅうがくせい》。
最近《さいきん》の楽《たの》しみは、
学校公認《がっこうこうにん》アプリゲーム
「スクパル」で面白《おもしろ》くて
かわいい写真《しゃしん》を
撮《と》ること。

チーズ

晴《はる》のパル。食《く》いしんぼう。
最近《さいきん》はいつも一緒《いっしょ》にいる。
たまに、晴《はる》の代《か》わりにしゃ
べっちゃう…？

東崎《あずまざき》 輝《てる》

北道《きたみち》 縁利《ゆかり》

西森《にしもり》 希実十《きみと》

南丘《みなみおか》 克大《かつひろ》

4D✖《フォーディーエックス》

学校《がっこう》で人気《にんき》のイケメン男子《だんし》4人組《にんぐみ》。
「キラキラ系《けい》」のグループの中《なか》でも、特別《とくべつ》めだつ存在《そんざい》。

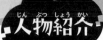

00 学習《がくしゅう》スマホにふしぎなアプリ

夏休《なつやす》みが終《お》わってすぐの、ある日《ひ》の朝礼《ちょうれい》。

「今日《きょう》から、みなさんの学習《がくしゅう》スマホに、新《あたら》しいアプリが入《はい》ります。よろしくね」

転校生《てんこうせい》でも紹介《しょうかい》するみたいに、担任《たんにん》の先生《せんせい》が言《い》った。

「**スクール・パル**という、ゲーム、です！」

ゲーム!?　みんながどよめく。喜《よろこ》びのさけび声《ごえ》を上《あ》げる子《こ》もいた。

「はい静《しず》かに。この『**スクール・パル**』は、友《とも》だちと仲良《なかよ》くしたり、優《やさ》しい心《こころ》を育《そだ》てたりするための、学校生活《がっこうせいかつ》を助《たす》けるアプリ！　ただの遊《あそ》びじゃありませんからね！」

このとき、私《わたし》は、まったく思《おも》ってなかったんだ――。

「今日《きょう》の放課後《ほうかご》までには、みなさんのスマホに自動《じどう》で入《はい》ります。授業中《じゅぎょうちゅう》には見《み》ないように！」

このアプリが、学校《がっこう》で、こんなにはやっちゃうなんて。

それに、はやりに無関心《むかんしん》なこの私《わたし》まで、ずっっっぽり、はまっちゃうなんて！

スクール・パルってこんなアプリ!

略《りゃく》してスクパル!

1

パルと学校生活《スクール・ライフ》を送《おく》れるよ!

時間割《じかんわり》やスケジュールの管理《かんり》、メッセージの送受信《そうじゅしん》などをパルがお手伝《てつだ》い!

School life

2

アイテムを集《あつ》めよう♪

カメラモードで学校中《がっこうじゅう》を探検《たんけん》して、パルが喜《よろこ》ぶアイテムを集《あつ》めよう。おやつをあげると、パルは強《つよ》くなるよ!

Item

スマホで遊《あそ》べるゲームアプリ。
自分《じぶん》だけの友達《ともだち》「パル」が生《う》まれて、一緒《いっしょ》に遊《あそ》べるよ。
（みんなそれぞれ、パルは違《ちが》う姿《すがた》になるよ！）

3

ノラモンとバトル!!

敵《てき》の**「ノラモン」**を見《み》つけたら、イイネ玉《だま》を投《な》げてバトルしよう！　仲間《なかま》との協力《きょうりょく》プレイをすると、**パルがもっと育《そだ》つかも…？**

Battle

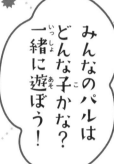

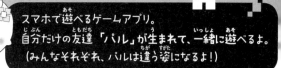

01 晴《は》るはぼっちで放《ほう》課《か》後《ご》ゲーム

月曜日《げつようび》、放課後《ほうかご》。

――シャッターチャンスは　なあにでさがす？

お・目《め》・め？　あ・た・ま？　お・し・り？

ちがうよ！　足《あし》でさがすんだ――

小《ちい》さなころにさんざん聞《き》かされた、パパのへんな歌《うた》を思《おも》い出《だ》しながら、校内《こうない》を歩《ある》きまわってる。

スマホを両手《りょうて》でかまえて、画面《がめん》に景色《けしき》を映《うつ》す。暗《くら》くてせまくて味気《あじけ》ない、図書館《としょかん》の裏庭《うらにわ》。

放課後《ほうかご》のざわめきが、かすかに聞《き》こえてくるけど、ここには私《わたし》だけしかいない。

両手《りょうて》を伸《の》ばして、画面《がめん》を前《まえ》にかかげたまま、ぐるりと回《まわ》ってみる。

そのとき、画面《がめん》の中《なか》に、にょきにょきと……。

「うわっ……出《で》たぁ！」

……**ピンクキノコ**が現《あらわ》れた！

きれいで明《あか》るいピンク色《いろ》。おいしそうだし、かわいいし、写真映《しゃしんば》えバッチリ。

それが、画面《がめん》の中《なか》の空《そら》に、たくさん生《は》えてきた。

キノコが空中《くうちゅう》に生《は》えちゃうなんて、おかしくて、おもしろい。

スクール・パルのアプリを通《とお》して見《み》ると、ふつうの景色《けしき》もふしぎでかわいいんだ。

その写真《しゃしん》を撮《と》るのが、私《わたし》、大好《だいす》き！

『チッチチチチ〜』

あっ。……来《き》たな、あいつめ。

ピンクキノコのかわいさに、見《み》とれている場合《ばあい》じゃないんだ。

早《はや》く撮《と》らなくちゃ……！

パシャパシャ、パシャパシャ。

私《わたし》は、裏庭《うらにわ》の景色《けしき》を、スマホのカメラで撮《と》りまくる。

『チチチチチ？　ピンクキノコだチ』

あいつめ、さっそく、ピンクキノコを見《み》つけたな。

今《いま》のところ、声《こえ》はするけど、姿《すがた》は見《み》えず。

もうちょっと、もうちょっとだけ、この景色《けしき》を撮《と》らせてほしいっ。

ピンクキノコに近《ちか》づいたり、はなれたり、角度《かくど》を変《か》えたりする。

『いっただきまーす！』

「ちょっ……、ちょっと待《ま》って」

『ひゃほーおい』

ズボォン！

中華《ちゅうか》まんじゅうみたいな、白《しろ》くてやわらかそうなかたまりが、画面《がめん》の上《うえ》からふってくる。

「待《ま》ってってば、チーズ！」

そう、この子《こ》は、チーズ。

スクール・パルのアプリで、スマホの中《なか》に生《う》まれた、私《わたし》だけの【パル】＝「友達《ともだち》」！

ハムスターみたいな、ウサギみたいな、中華《ちゅうか》まんじゅうみたいな生《い》き物《もの》。

ボヨヨン、ボヨヨン～って、はずみながら、画面《がめん》の中《なか》を飛《と》びまわる。

「あ～っ、まだ食《た》べないでよぉ」

って、言《い》ってるのに！

かわいいピンクキノコは、どんどんチーズの口《くち》の中《なか》に吸《す》い込《こ》まれて、消《き》えてっちゃう。

『おーいちー！』

「チーズの食《く》いしんぼう～!!」

『いっぱい食《た》べれば、いっぱい強《つよ》くなれるでチ。チーズは今《いま》、クラスでいちばん強《つよ》いんでチよ』

「うそばっか。クラスの中《なか》の順位《じゅんい》とか、どうしてわかるの？」

『わかるから、わかるんでチ！』

「いいから、ぜんぶ食《た》べないで少《すこ》し残《のこ》すんだよ。そうすれば、すぐ増《ふ》えて、後《あと》から来《き》た人《ひと》も取《と》れるんだから」

私《わたし》は毎日《まいにち》、学校《がっこう》を歩《ある》き回《まわ》って、スマホのカメラを通《とお》して、ふしぎなものをさがす。

そして、ふしぎな景色《けしき》の写真《しゃしん》を撮《と》るんだ。

そのたびに、ふしぎなものは、チーズに食《た》べられちゃうけど……。

でも、私《わたし》は、そんなチーズが大好《だいす》き。

だから、おしゃべりしながら、チーズの写真《しゃしん》もたくさん撮《と》っちゃう。

パシャパシャ。

スマホをかまえて移動《いどう》すると、角度《かくど》がちがう写真《しゃしん》が撮《と》れる。

そうすると、また、急《きゅう》にかっこいい写真《しゃしん》になったり、きれいな写真《しゃしん》になったりする。

おもしろくって、しかたがない。パシャパシャパシャ。

『そんなにたくさん撮《と》ったら、スマホ、いっぱいになるでチよ』

「整理《せいり》したばっかだから、だいじょうぶだもん。プロのカメラマンだって、たくさん撮《と》って、あとから消《け》して整理《せいり》するんだ、って、パパ言《い》って――」

「まじかよ……」

ビクーッとした――――！

だれ？　今《いま》、「まじかよ」って言《い》ったの？

男子《だんし》の声《こえ》だった。

スマホをかまえたまま、肩《かた》が、がちっと固《かた》まっちゃった。

ううう。ギギ、ギギ、ギギ。

首《くび》だけ動《うご》かして、後《うし》ろを見《み》てみる。

いた。やっぱり、男子《だんし》。すらっと細身《ほそみ》の、目《め》の大《おお》きな子《こ》が近《ちか》づいてくる。

なんか……見《み》たことあるかも。たぶん私《わたし》と同《おな》じ、２年生《ねんせい》。

「それ、パルやってんだよな」

どうしよう。よく知《し》らない人《ひと》、すっごい苦手《にがて》なんですけど!!

「そこの、変《へん》なピンクキノコの写真《しゃしん》、撮《と》ったんだよな」

と、と、撮《と》りました。なんか、悪《わる》かったのかな!?

「で、パルに食《く》わせたけど、少《すこ》しだけ残《のこ》したんだな」

う、うん、その通《とお》りです。ダメなの!?

「……おまえだったのか。探《さが》したよ」

「さ、が、し……た？」

「例《れい》のやつ、見《み》つけたぞ！　おまえら、早《はや》く来《こ》い！」

って、仲間《なかま》を、呼《よ》んでいる!?

あ――――!!　なんか３人《にん》も、よく知《し》らない男子《だんし》が、走《はし》ってきたぁあああ!?

「えーっ、女《おんな》の子《こ》だったんだ！」

真《ま》っ先《さき》に走《はし》ってきた、小柄《こがら》な男子《だんし》が、目《め》を丸《まる》くして私《わたし》を見《み》る。

「うちのクラスの女子《じょし》だな」

あっ、このメガネの男子《だんし》はクラスメイト。２年《ねん》Ａ組《ぐみ》のエリート系《けい》って言《い》われてる。

最後《さいご》にもう１人《ひとり》、ふわっ、と風《かぜ》のように走《はし》ってきて、

「ついに会《あ》えましたね」

と、にっこりした。明《あか》るい色《いろ》の髪《かみ》の毛《け》が、ふわふわ、風《かぜ》にゆれている。

とか思《おも》っているうちに、４人《にん》に取《と》り囲《かこ》まれた⁉

「やばいもの、相当《そうとう》、見《み》られちまってるな」

「どうする？　どうする？」

「問題《もんだい》は深刻《しんこく》だ」

「まあまあ、そんな言《い》い方《かた》しなくても〜」

やばいもの、って、なんのことだろ……？

もしかして、私《わたし》、ここにいたら、いけなかった……？

フーッ。呼吸《こきゅう》を整《ととの》える。

私《わたし》を取《と》り囲《かこ》んでいる４人《にん》を、まじまじ、見《み》てみる。

なんかこう……妙《みょう》に……整《ととの》っているっていうか……。
ふんいきは、バラバラなんだけど……。
目《め》がいちいち……キラキラしてて……眉毛《まゆげ》の形《かたち》が、きれいだし……。
制服《せいふく》の着《き》こなしも、なんかこう……。
かっこいいっていうか……。

……ん？
……知《し》ってるかも。
この4人《にん》のこと、私《わたし》、知《し》ってる……。
ふだんだったら、絶対《ぜったい》に、私《わたし》のそばにはいない人《ひと》たち。
だから、知《し》っているのに、今《いま》までピンとこなかった。
学校《がっこう》でいちばん目立《めだ》ってる、はなやかな人《ひと》たち……それは、
キラキラ系《けい》！
その中《なか》でも、いちばん人気《にんき》の4人組《にんぐみ》、超《ちょう》デラックスなキラキラ系《けい》。
その名《な》もぉおお、4人《にん》のデラックス、「4DX《フォーディーエックス》」!!
はい、みなさま、ごいっしょに。

フォーォオオ、ディーィイイ、エ———ェエエエエックス！
やっぱり、近《ちか》くで見《み》ると、かっこいいいいいいいいいぃい！
「——消《け》す」
かっこいいけど、いちばんこわい顔《かお》の男子《だんし》が、ぼそっ、と、言《い》った。
……はい？
男子《だんし》は、じろり、と私《わたし》をにらむ。
その大《おお》きな目《め》と、私《わたし》の目《め》が、ガチッ、と合《あ》った。
「きれいさっぱり、消《け》してやる」
え！
それって、どういう意味《いみ》？
もしかして、その「やばいもの」っていうのを見《み》てしまったから……、
わ、わわ、わわわ私《わたし》を……、
消《け》す————!?

02

4人《にん》のおかしなキラキラ男子《だんし》

私《わたし》を、消《け》す？

それって、つまり、その、こっ、こ、こ、殺《ころ》される……？

今《いま》、これ、命《いのち》の危機《きき》ってこと!?

こんなところで、突然《とつぜん》、人生《じんせい》が終《お》わるなんて思《おも》わなかった。

パパ、ごめん。今年《ことし》は会《あ》いに行《い》けないや。また、いっしょに島《しま》の写真《しゃしん》を撮《と》りたかったなあ。

ママ、ごめん。最後《さいご》のプリン、今朝《けさ》食《た》べちゃった。あとで買《か》いに行《い》こうと思《おも》ってたのになあ。

ごめん、ごめんごめん……っ。

と、悲《かな》しい気持《きも》ちでうつむいた私《わたし》の耳《みみ》に、

「マチャ、ピンクキノコだ。食《く》っていいぞ」

「フワコ、アイテムを回収《かいしゅう》してくれないか」

「ジンベー、ピンクキノコ、取《と》ってこーい！」

「マッチさん、ピンクキノコを召《め》し上《あ》がれ」
4DX《フォーディーエックス》の、こんな声《こえ》が聞《き》こえてきた。
それから、
『パックパクーッ』『おーいしーっ』『グムング』『ありがたいわねえ』
こんな声《こえ》も。これは、パルの声《こえ》？
顔《かお》を上《あ》げてみる。
4人《にん》の男子《だんし》は、みんなスマホをかまえて、上《うえ》に向《む》けて、画面《がめん》を見《み》てる。
……パル、やってる。
自分《じぶん》たちのパルに、空中《くうちゅう》で増《ふ》えたピンクキノコを、取《と》らせてるんだ。
こわい顔《かお》の男子《だんし》は、最後《さいご》までこわい顔《かお》でスマホを見《み》ていたけど、
「よし、消《け》した」
と、つぶやいた。
え？
消《け》した、って……画面《がめん》のピンクキノコをすべて、消《け》したってこと!?
なんだ……私《わたし》が殺《ころ》されるわけじゃなかったんだ……！

ふうーっ、と、大《おお》きくため息《いき》が出《で》る。

とたんに、こわい顔《かお》の男子《だんし》は、そのこわい顔《かお》を私《わたし》に向《む》けた。

「で、おまえ、だれ」

私《わたし》？

いきなり話《はなし》、ふられて、びっくり！

私《わたし》は、知《し》らない人《ひと》とはほとんど話《はな》せない。二言三言《ふたことみこと》しか出《で》てこない。

「わっ……私《わたし》……は」

『おいつ、他人《たにん》に名前《なまえ》をきくなら、まずは自分《じぶん》から名乗《なの》るのが礼儀《れいぎ》ってもんでチ！』

「チーズ⁉　また！」

チーズはよく、こうやって、私《わたし》より先《さき》に返事《へんじ》をしちゃう。

しかも、わざわざそんなに、上《うえ》から目線《めせん》なこと言《い》わなくてもいいのに！

「あぁ？　知《し》らねえの、おれらのこと？」

あぁあっ、ほらっ、こわい顔《かお》がさらにこわくなった！　そして、

「おれは東崎輝《あずまざきてる》、2年《ねん》B組《ぐみ》」

と、こわい顔《かお》のまま自己紹介《じこしょうかい》した。すると、となりにいたメガネの男子《だんし》が、

「西森希実十《にしもりきみと》。知《し》っての通《とお》り、2年《ねん》A組《ぐみ》だ」

と名乗《なの》った。やっぱり、うちのクラスの子《こ》だ。

「オレ、南丘克大《みなみおかかつひろ》。1年《ねん》！　カッツって呼《よ》んでくれ！」

「私《わたし》は北道縁利《きたみちゆかり》。いちおう、3年生《ねんせい》です」

元気《げんき》そうで小柄《こがら》な男子《だんし》と、カーリーな髪《かみ》の男子《だんし》も名乗《なの》ってくれた。

こ、これは、私《わたし》も名乗《なの》らなければ、失礼《しつれい》にあたる。

「えー、私《わたし》は……」

『この子《こ》は春山晴《はるやまはる》、2年《ねん》A組《ぐみ》。またの名《な》を――』

あーっ、また、チーズに先《さき》に言《い》われちゃった！　そう、私《わたし》の名前《なまえ》は春山晴《はるやまはる》。

って、『またの名《な》を』って何《なに》⁉　余計《よけい》なこと言《い》わなくていいよ！

『爆速《ばくそく》カメラガール、ウルトラスピードシャッター晴《はる》！　それと、パルのチーズだチ』

ビシッ。キマった。……と、チーズは思《おも》っているにちがいない。

私《わたし》は、スマホをにぎりしめたまま、が――――ん、となってる。

その、爆速《ばくそく》……とか、ウルトラスピード……とかっていうのは……。

たしか、スクール・パルを始《はじ》めたばっかりの頃《ころ》に……。

プロフィール画面《がめん》に「称号《しょうごう》」って入力《にゅうりょく》するところがあったから、自分《じぶん》で入《い》れたんだと思《おも》う。

そのときは、ちょっとふざけたっていうか、調子《ちょうし》に乗《の》ったっていうか、そんなとこで……。

わざわざ、名乗《なの》るときに、それを言《い》われるなんて思《おも》わなかったんだよぉ！

「カメラガール？　どれ」

すぽっ。

手《て》からスマホ、取《と》られた！

うそぉ⁉

あの、こわい顔《かお》の男子《だんし》——輝《てる》が、私《わたし》のスマホの中《なか》の写真《しゃしん》を、どんどん表示《ひょうじ》していく。

かっ、返《かえ》して……。

じたばたしても、返《かえ》してもらえない。

4人《にん》の男子《だんし》は、私《わたし》のスマホを取《と》り囲《かこ》んで、

「すごーい、きれーい」

「これは先週《せんしゅう》、池《いけ》に大発生《だいはっせい》した、コガネサボテンか」

「こっち、屋上《おくじょう》にボコボコ出《で》てた、ナマズクラゲだよね！」

「よく撮《と》れてるね。上手《じょうず》だなあ～」

私《わたし》が撮《と》りためた写真《しゃしん》を、見《み》まくってる。

写《うつ》っているのは、学校《がっこう》の景色《けしき》と、チーズやアイテムや、パルに出《で》てくるものばかり。

恥《は》ずかしい。こんなに撮《と》って、バカだと思《おも》われてるよね？

「……ガチだ！　この先輩《せんぱい》、ガチですごい！」

画面《がめん》から顔《かお》を上《あ》げたカッツに、

「うん。本物《ほんもの》ですね、この子《こ》」

と、縁利《ゆかり》さんがうなずいた。

やっぱり！　ガチで本物《ほんもの》のバカだって、認《みと》められてしまった！

「このままにしてはおけないだろ」

と、希実十《きみと》が輝《てる》を見《み》ると、

「ああ、そうだな」

と、輝《てる》は私《わたし》のスマホを持《も》ち上《あ》げた。

「やっぱ、こいつだ。この写真《しゃしん》ではっきりわかった」

何《なに》かする気《き》なの？

私《わたし》は、はっとする。

消《け》　さ　れ　る？

写真《しゃしん》を？

「だぁめぇぇぇぇぇぇぇぇぇぇぇぇぇぇぇ‼」

知《し》らないうちに、さけんでた。

写真《しゃしん》だけは、消《け》しちゃだめ！

まだネットに上《あ》げてない。パパからイイナってハートマーク、つけてもらってない。

かけ出《だ》して、ジャンプして、スマホをうばい取《と》る。

私《わたし》、こんな素早《すばや》い動《うご》きが、たまーに、できちゃうことがある。

ウルトラスピードシャッター晴《はる》なんだから、逃《に》げ足《あし》だって、ウルトラスピード！

男子《だんし》たちが何《なに》か言《い》ってたみたいだけど、かまわない。

チーズも何《なに》かさけんでたけど、聞《き》いてない。

ズダダダダダダダダダダ！

自分《じぶん》でも信《しん》じられないようなダッシュで、私《わたし》は、逃《に》げ去《さ》った。

図書館《としょかん》の裏庭《うらにわ》から、学校《がっこう》の外《そと》……、そして、家《いえ》まで。

「ハア、ハア、ゼイ、ゼイ、ゴホ、ゴホゴホ、ゼイゼイ……」

家《いえ》についたときも、スマホ、にぎりしめたままだった。

2階《かい》への階段《かいだん》を、はうようにして上《のぼ》る。

上《のぼ》りながら、考《かんが》える。

「明日《あした》から、学校行《がっこうい》きたくない……」

キラキラ系《けい》の、パル好《ず》きの、いじめっこの男子《だんし》たちに、目《め》をつけられたかも……？

こんどあいつらに会《あ》ったら、またスマホを取《と》り上《あ》げられる⁉

「あぁあああああ！」

どうしよう！

『バッブゥウウウウ！』

スマホから声《こえ》がした。

私《わたし》は、スマホを持《も》ち上《あ》げる。

「チーズ？　こんなときに、なに赤《あか》ちゃんみたいな声《こえ》——ぅげ？」

スマホの画面《がめん》を見《み》たら、そこにいたのは、チーズじゃなかった。

もっと小《ちい》さい何《なに》か。

チーズよりすこし赤《あか》っぽいオレンジ色《いろ》で、フワッフワの毛玉《けだま》みたい。チョンチョンッと目《め》がついていて、葉《は》っぱみたいな、緑色《みどりいろ》のヒラヒラが生《は》えてる。

「……か、か、かわいい…………。でも、だれ？」

『生《う》まれちゃった・で・チ』

チーズが、その小《ちい》さいのの横《よこ》で、もじもじしてた。

……生《う》まれた？

『チーズの、ベビーちゃん・でチ』

……ベビー？　って……。

「赤《あか》ちゃん⁉」

『はーい・でチ』

「すごい！　やった！　これからは、ベビーもいっしょに写真撮《しゃしんと》れる！」

パルに赤《あか》ちゃんができるなんて、聞《き》いたことないけど！

『その前《まえ》に、『おめでとう』で・チ？』

「あっ、うん、おめ、おめでと〜……。おめでとう！　ホント、おめでとう！」

『ありがとん。チーズが、ものすごく相性《あいしょう》ピッタリなパルと出会《であ》ったから、新《あら》たなパルが生《う》まれたんでチよ』

「相性《あいしょう》ピッタリなパル⁉　すごい、よかったね！　で、だれ？」

『お名前《なまえ》は……マチャ』

「………………それ、だれ？」

マチャ……マチャ……どこかで聞《き》いたこと、あるような……。

い、いやな予感《よかん》がする。

なんでかな……。

『写真《しゃしん》……見《み》る？』

「見《み》る、見《み》る！」

スマホの中《なか》の写真《しゃしん》が画面《がめん》に出《で》て、ぱらぱらっ、とページみたいにめくれていく。

その最後《さいご》の写真《しゃしん》を、

『これ、チーズが撮《と》ったの……』

チーズは指《ゆび》さす。

大《おお》きく表示《ひょうじ》すると、緑色《みどりいろ》の、空豆《そらまめ》に毛《け》が生《は》えたみたいなパルが、写《うつ》ってた。

そのそばに、男子《だんし》も写《うつ》ってる。

見《み》覚《おぼ》えのある、こわい顔《かお》だった。
東崎輝《あずまざきてる》……！　あいつのパルが、チーズの……？
「……ホントに？　これがチーズの……お相手《あいて》……？」
『愛《あい》してまチュッ』
チーズは、ほっぺたを真《ま》っ赤《か》にした。
私《わたし》は、家《いえ》の階段《かいだん》の途中《とちゅう》で、ぐったりとたおれた。

03 パルのチーズがおめでたハッピー

火曜日《かようび》の朝《あさ》。
私《わたし》は、学校《がっこう》への道《みち》を歩《ある》きながら、考《かんが》え込《こ》んでしまう。
パルが、パルを愛《あい》するって、どういうこと……？
『ねー、晴《はる》ちゃん』
カバンのポケットに入《はい》っているスマホから、チーズの声《こえ》が聞《き》こえてくる。
「んー？」
『愛《あい》って……なんでチかねえ』
あのねえ。昨日《きのう》、チーズが自分《じぶん》で言《い》ったんだよ、愛《あい》って！
『な〜んでチかね〜、ルーラ ラルー』
立《た》ち止《ど》まって、スマホの画面《がめん》を見《み》てみる。
チーズは、ベビーを背負《せお》って、あやしい歌《うた》をルラルラ歌《うた》って、ゆすってあげている。

こいつ……幸《しあわ》せそう。愛《あい》ってそんなに、幸《しあわ》せなものなの？

「う〜ううう〜」

私《わたし》は、チーズの歌《うた》につきあって、うめく。

そのとき、後《うし》ろから声《こえ》がした。

「あ・る・き・ス・マ・ホッ。ダメっ」

見《み》ると、それはレミちゃん。マミちゃんとトモちゃんもいっしょだ。

この3人《にん》、アネ系《けい》って呼《よ》ばれてる、うちのクラスでも大人《おとな》っぽい女子《じょし》たちなんだ。

背《せ》が高《たか》いから、囲《かこ》まれると、自分《じぶん》が急《きゅう》に小《ちい》さくなったみたいな気《き》がする。

「あっ！　おはっ……いま、えと、歩《ある》いては……」

クラスの女子《じょし》が相手《あいて》でも、ふつうにしゃべれない、って、私《わたし》、どうかしてるよね。

ぼっちが骨《ほね》までしみてるかんじ⁉　われながらイタい。

小学校《しょうがっこう》の途中《とちゅう》まで、自然写真家《しぜんしゃしんか》のパパと、小《ちい》さな島《しま》で暮《く》らしてたんだ。

そこの小学校《しょうがっこう》は、全学年《ぜんがくねん》が1クラスに入《はい》ってたし、同《おな》じ学年《がくねん》の子《こ》はいなかった。

ママとこの街《まち》に引《ひ》っ越《こ》してきたときは、学校《がっこう》が大《おお》きくて、びっくりしたよ。

周《まわ》りの子《こ》とは、趣味《しゅみ》もやりたいことも話《はな》しかたも、ちがっていて……。

それがわかっちゃうのが、なんかいやで、しゃべるのがどんどん下手《へた》になった。

まわりに人《ひと》がたくさんいるほど、声《こえ》が小《ちい》さくなっちゃうし……。

わざわざ話《はな》しかけてくれたのにゴメン！　って思《おも》うのに。

『ノーノー、晴《はる》ちゃん歩《ある》いてなかったでチよ！　だから歩《ある》きスマホじゃないでチ』

あーっ、結局《けっきょく》、言《い》いたかったこと、チーズに言《い》われちゃった。

「チーズちゃんも、おっはよ。晴《はる》っち、昨日《きのう》の収《しゅう》かくは？」

「あ……」

そこは、私《わたし》の出番《でばん》！

私《わたし》は、スマホを持《も》ち直《なお》すと、ささっ、と操作《そうさ》。パルのアプリの、アイテム画面《がめん》を表示《ひょうじ》する。

そこには、昨日《きのう》の放課後《ほうかご》に集《あつ》めたアイテムが、どっさり表示《ひょうじ》されている。

チーズがぜんぶは食《た》べないで、ちゃんと取《と》っておいた、ピンクキノコもある。

「うわっ、ピンクキノコ!?　超《ちょう》めずらしくない？」

と、横《よこ》から画面《がめん》をのぞいていた、レミちゃんが言《い》うと、

「4DX《フォーディーエックス》が集《あつ》めてるよね、それ」

と、マミちゃんが言《い》ったから、レミちゃんとトモちゃんがくいついた。

「まじで！　じゃ、私《わたし》にも分《わ》けてーっ」

「うそ、だれねらい？」

「ユカリン？　カッツー？　まさかキミトン？　テルルだったらゆるさない」

「無理無理《むりむり》、ピンクキノコあげたって、つきあうとかマジ無理《むり》だから」

「うるさいぃ」

4DX《フォーディーエックス》に、パルのアイテムをあげたいのか……。

やっぱり、あの4人《にん》は学校《がっこう》の人気者《にんきもの》だ。芸能人《げいのうじん》のことみたいに、みんながうわさしてる。

そして、みんなが、友《とも》だちになりたがってる。

だけど、いつも4人《にん》だけでつるんでるよね。キラキラ系《けい》の中《なか》でも、仲間《なかま》を増《ふ》やしたりはしない。

学校《がっこう》には、ほかにも「バンド系《けい》」「勉強系《べんきょうけい》」「オラオラ系《けい》」「エリート系《けい》」とか、いろいろな「系《けい》」がいる。

ふつう、同《おな》じ系《けい》の子《こ》たちは仲良《なかよ》しグループで、かたまって行動《こうどう》する。他《ほか》の系《けい》の子《こ》とは、用《よう》がなければ話《はな》さない。

ちなみに、私《わたし》は「うすい系《けい》」だって。存在感《そんざいかん》がうすすぎるってことかな。つらすぎ!?

ううん、いいの、いいの。ひとりで写真《しゃしん》を撮《と》っていれば、私《わたし》は幸《しあわ》せなんだから。

それに、今《いま》は、パルのチーズがいる。

チーズに助《たす》けてもらえるから、こうしてアネ系《けい》の3人《にん》とも、ときどきおしゃべりできるんだ。

アネ系《けい》はオトナっぽくて、服装《ふくそう》もおしゃれだし、中学生《ちゅうがくせい》なのにこっそり化粧《けしょう》してたりして、なんかカッコいい。

そんなアネ系《けい》の3人《にん》と、うすい系《けい》の私《わたし》が話《はな》せるなんて、パルがなかったら考《かんが》えられない。

パル、すごい。

「パル作《つく》ったのって、テルルのお兄《にい》さんなんだよね」

「えっ⁉」

つい、大声《おおごえ》を出《だ》してしまった。テルルって、輝《てる》のことだよね？

「晴《はる》っち、知《し》らないの？」

「テルルのお父《とう》さんが、ゲーム会社《がいしゃ》の社長《しゃちょう》さんでー、そこにお兄《にい》さんが就職《しゅうしょく》して、初《はじ》めて作《つく》ったのが『スクール・パル』なんだってよ。天才《てんさい》かよ！　だよね」

「ねー。でもお兄《にい》さん、病弱《びょうじゃく》で、高校《こうこう》ほとんど行《い》けなかったんだって」

へー。3人《にん》とも、すっごくくわしいんだ。

それにしても、パルを作《つく》った人《ひと》の弟《おとうと》⁉　パルの会社《かいしゃ》の息子《むすこ》⁉　輝《てる》って、すごいんだ！

その、輝《てる》のパルと、私《わたし》のパルの間《あいだ》に、ベビーが……。

ボーッとしながら、スマホを操作《そうさ》すると、アイテムをプレゼントする画面《がめん》になった。

『はーい、プレゼントを受《う》け取《と》る人《ひと》は、スマホを近《ちか》づけてくだチ〜い』

と、チーズが言《い》うと、レミ・マミ・トモちゃんが、さっ、とスマホを差《さ》し出《だ》す。

私《わたし》がスマホを細《こま》かくふると、ピンクキノコの数《かず》が減《へ》っていく。

そのぶん、レミ・マミ・トモちゃんのパルの画面《がめん》に、ピンクキノコが現《あらわ》れて、増《ふ》えていく。

パルのアイテムは、こうやって、友《とも》だちにプレゼントできるんだ。

「サンキュー！」

いえいえ！　喜《よろこ》んでもらえて、なにより。

友《とも》だちの笑顔《えがお》は、やっぱり、うれしいよね。

じゃあねー、と、アネ系《けい》3人組《にんぐみ》が、先《さき》に行《い》こうとした、そのとき。

「それってさあ。プレゼントじゃなくて……カツアゲって、いわねえ？」

えっ。

私《わたし》のすぐ後《うし》ろに、あいつが立《た》って、スマホの画面《がめん》を肩越《かたご》しにのぞきこんでいた。

あいつ――。

今《いま》、まさにうわさをしていた――。

「テルル!!」

アネ系《けい》の３人《にん》が、さけんだ。

そう……東崎輝《あずまざきてる》！

「カツアゲって」

レミちゃんが笑《わら》った。

「ひどくない？　うちら、友《とも》だちだし」

「晴《はる》っち、パルうまくて、すごいんだもん」

「そうそう。この子毎日《こまいにち》ひとりで、放課後《ほうかご》にアイテム集《あつ》めてて」

「知《し》ってる。昨日《きのう》、会《あ》った」

こわい顔《かお》のまま――私《わたし》の後《うし》ろの輝《てる》が言《い》うと、３人《にん》は、しん、となった。

「アイテムもらっといて、そのまま、ってことねえよな。友《とも》だちだもんな」

レミちゃんとマミちゃんは、

「もちろん！」

「そのうち、恩返《おんがえ》しするし！」

と、笑《わら》って言《い》う。

トモちゃんは、こそっと小声《こごえ》で、

「晴《はる》っち、テルルと、友《とも》だち？」

って、私《わたし》にきいた。

いやいやいやいや。昨日《きのう》、初《はじ》めてしゃべったばっかりだし。

それなのに、私《わたし》と輝《てる》のパルの間《あいだ》に、なぜかベビーがいるなんて、とても言《い》えない！

「ところでさ、おまえのパル、ベビー――」

輝《てる》!? 何《なに》を言《い》う気《き》!?

「しっ、知《し》りません！ なんにも知《し》りません！」

首《くび》を横《よこ》にふった、その瞬間《しゅんかん》に、

「あーっ」

また、聞《き》き覚《おぼ》えのある声《こえ》。

見《み》ると、道路《どうろ》の反対側《はんたいがわ》に、あの３人《にん》がいた。

ええと、希実十《きみと》に、カッツ、縁利《ゆかり》さん。

これで4DX《フォーディーエックス》、全員集合《ぜんいんしゅうごう》です！

周《まわ》りには、ほかのキラキラ系《けい》も集《あつ》まってる。

モデルやってる子《こ》もいれば、チアガールとか、すごいお金持《かねも》ちで有名《ゆうめい》な子《こ》とか、運動部《うんどうぶ》のスター選手《せんしゅ》とかも、いる。

キラキラ系《けい》の子《こ》たち、本当《ほんとう》にキラキラして見《み》える！

ん？　向《む》こうもこっちを見《み》てる。

カッツが、私《わたし》を指《ゆび》さしてるからだ。

「晴先輩《はるせんぱい》ーっ!!」

しかも、大《おお》きく元気《げんき》に、こっちに向《む》かって手《て》をふってる！

「4DX《フォーディーエックス》全員《ぜんいん》、友《とも》だち!?」

レミちゃんが目《め》をまるくしてる。

私《わたし》ははげしく首《くび》をふる。

『昨日遊《きのうあそ》んだパルが近《ちか》くにいるのを、感知《かんち》したでチ』

スマホから声《こえ》がした。チーズ！　余計《よけい》なことを！

「『昨日遊《きのうあそ》んだ』？」

「遊《あそ》んでません！」

『チーズの愛《いと》ちいパートナーが、すぐそばにいるでチよ。会《あ》いたいでチ』

「お話《はな》ししましょー。晴《はる》さーんー！」

もの静《しず》かなふんいきの縁利《ゆかり》さんまで、にこやかにさけんでる。

「お話《はな》ししません！」

こわいっ。

だって、4DX《フォーディーエックス》に近《ちか》づいたら、写真《しゃしん》を消《け》されちゃうかもしれないんだよ!?

こうなったら、爆速《ばくそく》ダッシュ！

「おいっ、なんで逃《に》げんだよっ。ちょっと話《はなし》が——おい！」

輝《てる》の声《こえ》が聞《き》こえていたけど、無視《むし》して走《はし》る。

ぶっちぎりの速《はや》さで、教室《きょうしつ》に飛《と》び込《こ》んだ。

席《せき》について、下《した》を向《む》いて、あとはひたすら、だれとも目《め》を合《あ》わせないようにしよう。

授業《じゅぎょう》が終《お》わったら、ふたたび、爆速《ばくそく》ダッシュで帰《かえ》ろう。

と、思《おも》っていたのに……。


キンコンカンコーン、「さようならー」で、ダッシュして、外靴《そとぐつ》をはいたところで……。

ポピッ。

スマホにメールが来《き》た。

おまえのパルをゆうかいした。返《かえ》してほしければ、本日《ほんじつ》3時《じ》、レストラン「ビッグカツ」へ、ひとりで来《こ》い。
駅前商店街《えきまえしょうてんがい》の奥《おく》、アーケードが途切《とぎ》れたところ。かんばんに注目《ちゅうもく》。
絶対来《ぜったいき》てね！　楽《たの》しみ😁😋😆
ところで、カツカレーは好《す》きですか？

ゆうかい!?

なんかちょっと、一行《いちぎょう》ごとにふんいきがばらばらで、意味《いみ》がよくわからない。でも、これって、私《わたし》のパルを……つまり、チーズをさらったぞ、ってことだよね⁉

「チーズ」

おそるおそる、呼《よ》んでみた。

返事《へんじ》がない。

スマホの画面《がめん》に、チーズはいない。パルのアプリを開《ひら》いても、いない。

「チーズ！　チーズ、チーズ！」

アプリの画面《がめん》にして、そこらじゅうにスマホを向《む》けてみても、ぐるぐる回《まわ》しても、チーズは出《で》てこない。もちろん、ベビーも、いない。

なんてことを……⁉

パルをゆうかいするなんて、どうしてできるの？

だれが、こんなことを……？　って、思《おも》いつくのは４人《にん》の顔《かお》だけ。

ぜったいあいつらだっ。

いったいなんなの、４ＤＸ《フォーディーエックス》‼

電車《でんしゃ》の駅《えき》をはさんで、学校《がっこう》の反対側《はんたいがわ》にあるのが、駅前商店街《えきまえしょうてんがい》。

そのアーケードが途切《とぎ》れた先《さき》に、レストラン「ビッグカツ」は、あった。

レストラン、っていうよりは、ええと、洋食屋《ようしょくや》さん、とか、食堂《しょくどう》、とか、そんな言葉《ことば》が似合《にあ》いそうな、あったかいふんいきの建物《たてもの》。

自《じ》まんのメニューは、大《おお》きなカツが乗《の》ってるカツカレーらしい。大《おお》きな文字《もじ》のポスターが、店《みせ》の引《ひ》き戸《ど》に貼《は》ってある。ビッグなカツで勝《か》つ！　って。

何《なに》に勝《か》ちたいんだろ。

いや、今日《きょう》、勝《か》たなきゃいけないのは、私《わたし》だ。ビッグカツじゃない。

4DX《フォーディーエックス》に勝《か》って、チーズを取《と》りもどすんだ。気合《きあ》いを入《い》れろ、私《わたし》。

ガラッ！

気合《きあ》いをこめて、引《ひ》き戸《ど》を開《あ》けた。

「あっ、いらっしゃいませー」

ちょっとおどろいたような顔《かお》で、おばさんが立《た》ち上《あ》がる。

カウンターにすわって、キッチンのおじさんと、おしゃべりしていたみたい。

お店《みせ》の大《おお》きさは、キッチンも入《い》れて、学校《がっこう》の教室《きょうしつ》くらいかな。お客《きゃく》さんは、ひとりもいない。

お昼《ひる》にはおそい時間《じかん》だし、夕飯《ゆうはん》には早《はや》すぎる時間《じかん》だもんね。

あ、いえ、あの。

いらっしゃいませ、って言《い》われても、私《わたし》、お客《きゃく》さんじゃないんです。すみません。

そう言《い》いたいけど、そんなこと、すらすら言《い》えない。

「あー、お友達《ともだち》ね。カツヒロー！」

おばさんは、お店《みせ》の奥《おく》に向《む》かって、大《おお》きな声《こえ》を出《だ》す。

そこには開《あ》いたままのドアがあって、

「うわあ、ホントに来《き》てくれた！　すごーい！　アハハハハハハハハハハハハ」

カッツが飛《と》び出《だ》してきた。めっちゃ笑《わら》ってる。

う、うぅぅ……来《き》ました……けど。

ど、ど、どう戦《たたか》えば、チーズを取《と》りもどせる？

「こっちこっち。早《はや》く入《はい》って」

私《わたし》は手《て》を引《ひ》かれて、奥《おく》の部屋《へや》へ。

ガチャン……。

私《わたし》の後《うし》ろで、ドアが閉《し》まった。

ふいに、明《あ》かりが消《き》えた。
カーテンを閉《し》めた部屋《へや》は、まっ暗《くら》に。
ど、どうしよう。

04 男《だん》子《し》のアジトのビッグカツ

——ハッピバースデー、ベービ〜〜〜イ、

　　ハッピバースデー、ベービ〜〜〜イ！——

ふぞろいな歌声《うたごえ》とともに、ろうそくの明《あ》かりが現《あらわ》れた。
円《まる》いお皿《さら》に、白《しろ》いケーキ。
その上《うえ》に、HAPPY《ハッピー》 BIRTHDAY《バースデー》、って、文字《もじ》のろうそくが並《なら》んでる。
両手《りょうて》で大事《だいじ》そうに、それをかかげているのは、メガネの希実十《きみと》。

——ハッピバースデー、チーズとマチャのべ〜ビ〜〜〜!!——

パンパンパァン！

クラッカーのはじける音《おと》が、するどくひびく。

ろうそくのほのかな明《あ》かりの中《なか》で、キラキラする紙吹雪《かみふぶき》が飛《と》び散《ち》った。

部屋《へや》の明《あ》かりがついて、見《み》えたのは、カッツと縁利《ゆかり》さんの笑顔《えがお》。

「ベビーのたんじょう日《び》パーティーに、ようこそ〜〜〜！」

えぇえぇえぇえぇ！

サプライズパーティー⁉

そ、そういうことだったの⁉

私《わたし》は、おどろくやら安心《あんしん》するやら。

「あ、ありが……と……！」

「さっ、ろうそくを、早《はや》く」

「消《け》して、消《け》して」

と、縁利《ゆかり》さんとカッツから口々《くちぐち》に言《い》われて、

「あ、わ、私《わたし》が？」

あわてて息《いき》を吸《す》い、フーッ！

炎《ほのお》が消《き》えると、３人《にん》は拍手《はくしゅ》。

「おめでとーっ！」「うれしいですねえ」

カッツと縁利《ゆかり》さんは、にこにこ。希実十《きみと》は、テーブルの真《ま》ん中《なか》に、ケーキを置《お》いた。

「びっくりしたろ？　ここ、オレんちなんだぜッ」

カッツが取《と》り皿《ざら》とフォークを配《くば》る。

「レストラン・ビッグカッツは、うちの親《おや》がやってる。だからオレの名前《なまえ》も、カッツがでっかい、って書《か》いて克大《かつひろ》」
7、8人《にん》の集《あつ》まりにも使《つか》えそうな、大《おお》きなテーブル。
白《しろ》いテーブルクロスに、まるい白《しろ》いケーキ。

カッツがナイフで切《き》り分《わ》けると、スポンジの間《あいだ》にイチゴが見《み》えた。

「そして、このレストランの別室《べっしつ》は、お客様《きゃくさま》が使《つか》わないとき、私《わたし》たちの秘密基地《ひみつきち》なのです」

縁利《ゆかり》さんが、話《はなし》をしめくくった。

そっか。

4DX《フォーディーエックス》の秘密《ひみつ》の場所《ばしょ》に、サプライズで招待《しょうたい》してくれたんだ！

ほんわか、うれしくなってきた。

ベビーのことを喜《よろこ》んでるのは、私《わたし》だけじゃない。

ベビーは、チーズだけじゃなくて、マチャのベビーでもあるんだもんね。
だからみんな、きっとマチャから――または輝《てる》から――うれしい報告《ほうこく》を受《う》けたんだ。
でも、ここに、輝《てる》はいない……。
ベビーだって、いない。
あのう、それに……。
「……チーズ……どこ？」
とたんに、男子《だんし》たちが真顔《まがお》になった。
バアン！
そのとき、ドアが乱暴《らんぼう》に開《ひら》いた。
「歌《うた》とかケーキとか、たりぃのは終《お》わったか？」
と、入《はい》ってきたのは、輝《てる》。
ずかずかずか、とそばに来《き》て、腕組《うでぐ》みした。
「言《い》うことをきかねえと、チーズとベビー、返《かえ》

さねえから」

「なっ⁉」

サプライズパーティーかと思《おも》ったら、やっぱり、ゆうかい⁉

「そういう、おどすようなことを言《い》うな」

希実十《きみと》が、落《お》ち着《つ》いた調子《ちょうし》で話《はな》す。

「だってよ、おれがチーズをさらった、ってメールに書《か》いたから、ここまで来《き》たんじゃねえか」

輝《てる》が言《い》い返《かえ》すと、

「得意《とくい》になるな。場所《ばしょ》の説明《せつめい》も書《か》かずに送《おく》ろうとしたから、止《と》めたんじゃないか」

「で、キミトンが書《か》き足《た》したから、オレも一行《いちぎょう》、いいかんじのやつ、足《た》しただろ」

「それで私《わたし》も、カツカレーのことを、さらりと一行《いちぎょう》。やっぱり人間《にんげん》、最後《さいご》は食《た》べ物《もの》ですからね、ハハハッ」

希実十《きみと》がさらに言《い》い返《かえ》し、カッツと縁利《ゆかり》さんも、楽《たの》しそうに付《つ》け加《くわ》える。

つまり、全員《ぜんいん》で一行《いちぎょう》ずつ、あのメールを書《か》いたんだ。

だからあんなに、わかりにくいメールになったのか！

「おいしいものを食《た》べたくて、来《き》てくれたんじゃないかな～？」

「チーズどこ、ってきいてんだから、チーズを探《さが》しに来《き》たんだろうよ」

「でも、こわい人《ひと》ばっかだと思《おも》ったら、絶対《ぜったい》、来《こ》ないよ！」

「いずれにしろ、場所《ばしょ》がどこだかわからなければ、来《こ》られるわけがない」

何《なに》やら言《い》い合《あ》ってる。

この4人《にん》、ぜんぜん、まとまってない。

縁利《ゆかり》さんはフワフワ、何《なに》を考《かんが》えてるのかわからないし、カッツは元気《げんき》ばっかりで、希実十《きみと》は真面目《まじめ》ひとすじだし、輝《てる》なんか、こわいだけ！

性格《せいかく》バラバラで、いったいどうして、いっしょにいるの？

なんかもう、いろいろ、意味《いみ》が分《わ》からないよ！

もう無理《むり》。私《わたし》、帰《かえ》る。ああっ、でも、チーズが!!　どうしよう！

「…………………………………………………………!!」

気《き》がついたら、かべにたおれかかって、両手《りょうて》で耳《みみ》をふさいでた。

「おい、もうやめろ！」

……輝《てる》だ。みんな、だまった。

目《め》を上《あ》げると、輝《てる》が、私《わたし》をかばうように前《まえ》に立《た》ってた。

「つたく、なんでこんな、おどおどしてるやつのパルが、おれのマチャとパートナーなんだ」

「……!?」

ひ、ひどい。かばってくれるのかと思《おも》ったのに。

「余計《よけい》なことを言《い》うな」

希実十《きみと》は、そのとなりに進《すす》み出《で》て、

「くわしい事情《じじょう》を話《はな》そう。君《きみ》にだけする、秘密《ひみつ》の話《はなし》だ」

と、正面《しょうめん》から私《わたし》を見《み》すえた。

秘密《ひみつ》？

この、まとまらない、意地悪《いじわる》と真面目《まじめ》と元気《げんき》とフワフワの４ＤＸ《フォーディーエックス》の？

もういいよ……爆速《ばくそく》で逃《に》げ出《だ》したい。

でも、チーズは？　話《はなし》を聞《き》いたら、返《かえ》してくれるの？

とか、頭《あたま》の中《なか》がぐるぐるしているうちに、

「ケーキ食《た》べながら聞《き》こうね」

つて、縁利《ゆかり》さんにフォークを持《も》たされた……。

05

晴《はる》と男子《だんし》のひみつの関係《かんけい》

希実十《きみと》の話《はなし》は、こんなことだった。

昨日《きのう》、4DX《フォーディーエックス》が図書館裏《としょかんうら》にいたのは、ピンクキノコのうわさを聞《き》いたから。

ただのピンクキノコじゃなくて、空飛《そらと》ぶピンクキノコが出《で》る、って、だれかが言《い》ったらしい。

空《そら》にピンクキノコが現《あらわ》れるのは、パルのアプリの「バグ」なんだって。

バグっていうのは、アプリの仕組《しく》みの、まちがい。

ピンクキノコは地面《じめん》に生《は》えているはずなのに、空中《くうちゅう》に出《で》てくるのは、まちがいなんだ。

まちがいは、直《なお》したほうがいい。

そして、秘密《ひみつ》なんだけど……。

4DX《フォーディーエックス》の4人《にん》は、そのバグを直《なお》す役目《やくめ》を負《お》っている！

なぜかっていうと、輝《てる》のお兄《にい》さん――東崎天《あずまざきそら》さんが、実《じつ》は！

なんと！

パルのアプリを作《つく》った、**天才《てんさい》プログラマー**なんだって!!

すごい！　アネ系《けい》の３人《にん》が言《い》ってたこと、本当《ほんとう》だった!!

……あれ？　天才《てんさい》なのに、アプリを作《つく》るときに、まちがえちゃったの？

ま、いっか。

そんなわけだから、４ＤＸ《フォーディーエックス》は、いっしょうけんめい、空中《くうちゅう》に浮《う》いているピンクキノコや、屋《おく》上《じょう》のコンクリートを泳《およ》いでいるナマズクラゲなんかを、取《と》ってまわっている。

他《ほか》の生徒《せいと》が見《み》る前《まえ》に、ぜんぶ取《と》って、消《け》してしまいたいんだって。

それなのに、４ＤＸ《フォーディーエックス》よりも先《さき》にバグを見《み》つけては、バグとは知《し》らずにおもしろがって、写真《しゃしん》を撮《と》っているやつがいた……。

それが……私《わたし》。

だから、いっそのこと、仲間《なかま》にしちゃえ、っていうことらしい。

これから先《さき》、そういうおかしなアイテムを見《み》つけたら、写真《しゃしん》を撮《と》るだけじゃなくて、ぜんぶ取《と》っちゃってほしいって。

「どうだ。理解《りかい》できたか」

と、希実十《きみと》がきく。

私《わたし》は、うなずく。

パルに「バグ」があるなんて、そんなこと、初《はじ》めてきいた。

直《なお》したほうがいいなら、私《わたし》も協力《きょうりょく》したい。パルのアプリ、好《す》きだから。

と、思《おも》ったのに、

「バグのことは秘密《ひみつ》だからな。裏切《うらぎ》ったらパルを消《け》す。写真《しゃしん》も消《け》す！」

と、輝《てる》ににらまれて、

「ひ!?」

泣《な》きそうになった。なんてこわいこと、言《い》うんだろう。

天才《てんさい》プログラマー・天《そら》さんの弟《おとうと》だから、きっと、パルを消《け》すことだってできちゃう。

私《わたし》はうんうんうんうん、と、うなずく。

チーズもベビーも写真《しゃしん》も、絶対《ぜったい》に消《け》されたくない！

「よし。今《いま》ごろ、スマホには、おまえのパルが戻《もど》ってるだろうよ。それにベビーもな」

ホント!?

「帰《かえ》る！」

すぐに立《た》ち上《あ》がった。

「あっ、カツカレー食《た》べてって」

「おいしいですよ〜」

カッツと縁利《ゆかり》さんが、にこにこして言《い》うけど、

「……さよならっ」

私《わたし》は店《みせ》を飛《と》び出《だ》した。

「チーズ！」

すぐにスマホを取《と》り出《だ》し、パルのアプリを見《み》ても、チーズはいない。

「チーズ、チーズ」

スマホを、カラオケマイクみたいに口《くち》にあてて、小声《こごえ》で呼《よ》びながら帰《かえ》る。

商店街《しょうてんがい》のとちゅう、住宅街《じゅうたくがい》の中《なか》。ときどき立《た》ち止《ど》まっては、画面《がめん》をチェックする。

でも、まだ、チーズはいない。

うちについて、玄関《げんかん》でくつを脱《ぬ》ぎながら、

「チーズ、チーズ、チズチズチーズ！」

と呼《よ》んでいたら、

「お帰《かえ》り。遅《おそ》かったね。ごはんできたけど」

と、キッチンから、お母《かあ》さんが顔《かお》を出《だ》した。帰《かえ》ってたんだ。

「うん、ちょっとあとで。チーズチーズチーズ」

階段《かいだん》を上《あ》がって、部屋《へや》にかけこんで、カバンからスマホをつかみ出《だ》す。

「チーズ！」

親指《おやゆび》をボタンにつけると、画面《がめん》がオンになる。

チーズは、アプリのアイコンをさわらなくても、呼《よ》べば画面《がめん》に出《で》てくる。

留守《るす》のときは、出《で》てこないけど……。

『チッチィ？』

チーズ、出《で》てきた。感動《かんどう》の再会《さいかい》……!!

……かと、思《おも》ったら……。

なんか緑色《みどりいろ》のガサガサしたやつと、いっしょにいる！

ガサガサしたやつは、チーズのとなりでベビーを抱《だ》いて、投《な》げたり受《う》け止《と》めたりしてる。

「チーズ……そのパル、もしかして」

『えへぇっ』

何《なに》、そのふやけた笑《わら》い。そんなの初《はじ》めて見《み》る。

『晴《はる》ちゃんに紹介《しょうかい》します。マチャでチ』

マチャと呼《よ》ばれた、緑色《みどりいろ》のガサガサが、私《わたし》に向《む》かって手《て》をふった。

「これが……チーズの……」

『はいっ。チーズの、パートナーでチ』

つまり、このチーズと、このガサガサの相性《あいしょう》が、超《ちょう》ばっちり合《あ》ってるってこと⁉

耳《みみ》をすますと、キャッキャ、キャッキャと、笑《わら》い声《ごえ》が聞《き》こえる。

ベビーはマチャに遊《あそ》んでもらって、うれしいんだ。

なんか…………ホント、幸《しあわ》せそう……。

私《わたし》は、複雑《ふくざつ》な気持《きも》ちになっちゃった。

「あのね、心配《しんぱい》したんだよ⁉　ゆうかいされて、平気《へいき》だったの⁉」

『ゆうかい？　何《なに》をゆうんかい？　なんチって。チッチッチ』

……だじゃれですか。そうですか、そうですか。私《わたし》の心配《しんぱい》なんか、どうでもいいんですか！

「今日《きょう》は朝《あさ》から、スマホにいなかったでしょ。そしたら4DX《フォーディーエックス》が、チーズをゆうかいしたって」

『チーズはマチャのとこに、遊《あそ》びに行《い》ってたでチ。ベビーもいっしょでチたね～？』

『ベブブブブ』

「……遊《あそ》びに……？」

そのとき、マチャがこっちを見《み》た。

『いちおう言《い》っとくと……パートナーのパルどうしはな、スマホを行《い》き来《き》できるし、メッセージだって送《おく》りあえるんだ』

そんなの知《し》らなかった！

「じゃ、チーズは輝《てる》のスマホに、遊《あそ》びに行《い》ってただけ!?」

輝《てる》は、自分《じぶん》のスマホに、チーズとベビーがいるのを見《み》て……。

私《わたし》に、チーズをゆうかいした、なんて、うそのメールを送《おく》ったってこと!?

だまされたんだ。

「むぉおおおお！」

腹立《はらた》つ！

06 メガネの希実十《きみと》の真面目《まじめ》な指導《しどう》

次《つぎ》の日《ひ》、つまり水曜日《すいようび》の、放課後《ほうかご》。

帰《かえ》りの荷物《にもつ》をまとめて顔《かお》を上《あ》げたら、机《つくえ》の前《まえ》に、希実十《きみと》が立《た》っていた。

「⁉」

腕組《うでぐ》みをして、私《わたし》を見下《みお》ろして。

「今日《きょう》は勉強《べんきょう》の日《ひ》だ。言《い》ってあったと思《おも》うが？」

勉強《べんきょう》？

「……バグ取《と》――」

「ストップ！」

バンッ、と、口《くち》を手《て》でふさがれた。

「秘密《ひみつ》だろ」

小声《こごえ》で言《い》われた。あっ。そうだった。パルにバグがあるってことは、みんなの前《まえ》では言《い》えないんだ。教室《きょうしつ》にはまだ、クラスの子《こ》が何人《なんにん》か残《のこ》ってる。

「バグ……爆発《ばくはつ》だ。爆発的《ばくはつてき》に、勉強《べんきょう》ということだ」

うんうん、と、私《わたし》はうなずく。

「つまり、爆勉《ばくべん》だ！」

少《すこ》しはなれた席《せき》から、アネ系《けい》の3人《にん》がこっちを見《み》て、ボソボソ言《い》うのが聞《き》こえた。

「キミトンが晴《はる》っちと話《はな》してる」「晴《はる》っちと……バクベン？」「やっぱあの2人《ふたり》、知《し》り合《あ》い？」

ううっ、そうだよ、へんだよね。

うすい系《けい》の私《わたし》が、エリート系《けい》でキラキラ系《けい》で4DX《フォーディーエックス》な希実十《きみと》と、向《む》かい合《あ》ってる……。

これは、もう、異常事態《いじょうじたい》だっ。

「千里《せんり》の道《みち》も一歩《いっぽ》から。さあ始《はじ》めよう」

腕《うで》をつかまれて、教室《きょうしつ》から引《ひ》っ張《ぱ》り出《だ》された。


連《つ》れて行《い》かれたのは、校舎《こうしゃ》3階《がい》、ろうかのいちばん奥《おく》。

「4DX《フォーディーエックス》のバグ取《と》──もとい、爆勉活動《ばくべんかつどう》は、毎放課後《まいほうかご》、交代《こうたい》で校内《こうない》をパトロールすることで行《おこな》っている。朝《あさ》については、それぞれの自主性《じしゅせい》まかせだ。いいかな、コホン」

希実十《きみと》のバグ取《と》り講座《こうざ》が始《はじ》まった。

「ぼくは毎回《まいかい》、こうして、校舎《こうしゃ》のもっともはじにある教室《きょうしつ》の前《まえ》で、パルのアプリを立《た》ち上《あ》げる」

と、希実十《きみと》はスマホを取《と》り出《だ》し、背《せ》すじをのばして、パルのアイコンをタッチ。

こんなに真面目《まじめ》くさってパルやる人《ひと》、初《はじ》めて見《み》た。

「そして、ペンキで学校《がっこう》をぬりつぶすかのごとく慎重《しんちょう》に進《すす》み、決《けっ》して見落《みお》としのないように校舎《こうしゃ》内外《ないがい》の各所《かくしょ》を見《み》て回《まわ》──」

『こんにちは、お兄《にい》ちゃん！　つワつ元気《げんき》だよぉ』

希実十《きみと》のスマホから、声《こえ》がした。
お兄《にい》ちゃん……？
『フワコね、アイテムの出現《しゅつげん》を感知《かんち》！　ちょっと行《い》ってくる』
「アイテム？　それはどこだ？　フワコ？　フワコ――――!?」
フワコは希実十《きみと》のスマホの画面《がめん》から、さっと飛《と》び出《だ》してしまったみたい。
私《わたし》も、自分《じぶん》のパルのアプリを通《とお》して、見回《みまわ》してみる。
フワコも、チーズも、どこにも見《み》えない。
ふーむ。
私《わたし》は、自分《じぶん》のスマホの、メモ帳《ちょう》アプリを起動《きどう》する。
メモ帳《ちょう》アプリは、絵《え》や文字《もじ》など、好《す》きなことを書《か》いておける、スマホの基本《きほん》アプリ。
スマホを配《くば》られたときから、入《はい》っていたんだよ。
メモのページをめくると、校舎《こうしゃ》の1階《いっかい》、2階《かい》、3階《がい》、と出《で》てくる。
それから、グラウンドや裏庭《うらにわ》、テニスコート、バスケコート、体育館《たいいくかん》や図書館《としょかん》など。
今《いま》まで、パルをやりながら、自分《じぶん》でこつこつ描《か》いてきた、図面《ずめん》なんだ。
「これは……学校《がっこう》の敷地内《しきちない》の、地図《ちず》か」

希実十《きみと》は、私《わたし》のスマホの画面《がめん》をのぞきこんできた。

私《わたし》は、スマホの画面《がめん》を希実十《きみと》に向《む》ける。

「地図《ちず》を、マス目《め》で大《おお》きく分《わ》けてあるな」

私《わたし》は、うなずいた。

例《たと》えば、校舎《こうしゃ》の1階《いっかい》ぶんなら、10個《こ》くらいのマス目《め》に分《わ》けてある。

「そのマス目《め》ごとに書《か》いてあるのは……時間《じかん》と、曜日《ようび》か？」

そう。今日《きょう》は水曜日《すいようび》で、今《いま》は放課後《ほうかご》だから……。

水曜日《すいようび》の4時《じ》、水曜日《すいようび》の4時《じ》……っと。

あった。

急《いそ》がなきゃ。今《いま》、もう3時《じ》50分《ぷん》を過《す》ぎてる。

私《わたし》は、ろうかの時計《とけい》を見《み》て、希実十《きみと》を見《み》る。

「なんだ。何《なに》があった？」

「あの……」

言《い》いたいけど、うまく言《い》える自信《じしん》がない。

かわりにしゃべってくれるはずの、チーズも今《いま》はいない。

仕方《しかた》がないっ。

私《わたし》は、さっさと早足《はやあし》で歩《ある》き出《だ》す。

「おい待《ま》て。爆勉《ばくべん》はまだ終《お》わっていない！　校舎《こうしゃ》のはじから、ていねいにやらないと、アイテムを見落《みお》とすぞ！」

希実十《きみと》は脚《あし》をふんばって、その場《ば》から動《うご》かない。どうしよう、真面目《まじめ》すぎる。

私《わたし》は、希実十《きみと》の上着《うわぎ》のそでを、そっとつまんでみる。

「!?　なんだ。なんのつもりだ」

お願《ねが》いだから、ついて来《き》てくださいッ。

そのまま希実十《きみと》を引《ひ》っぱって、私《わたし》は歩《ある》き出《だ》した。


ひたすら階段《かいだん》を上《のぼ》って、重《おも》い金属《きんぞく》のドアを押《お》し開《あ》ける。

ギイイイイ〜。

ひょいっ、と、ドアが軽《かる》くなった。後《うし》ろから、希実十《きみと》が助《たす》けてくれている。

「屋上《おくじょう》に出《で》るのか」

そのとき、

『アイテム、見《み》つけた』
フワコの声《こえ》。
『あーっ、見《み》つけた――――！』
チーズの声《こえ》も。
「フワコ!?」「チーズ」
希実十《きみと》と2人《ふたり》、ドアの外《そと》へかけ出《だ》して、スマホを取《と》り出《だ》す。
画面《がめん》を見《み》ると、チーズと、小《ちい》さな白《しろ》いパルが、ならんで空《そら》を見上《みあ》げてる。
白《しろ》いパルには、長《なが》い耳《みみ》と、丸《まる》いしっぽがある。
これが、フワコ……！　ウサギの形《かたち》なんだね。か、かわいい。
青《あお》い空《そら》には、紫色《むらさきいろ》にキラキラ光《ひか》る魚《さかな》が、群《む》れになって、ビュンビュン飛《と》んでた。
空全体《そらぜんたい》が、スマホの画面《がめん》の中《なか》で、紫色《むらさきいろ》に光《ひか》って見《み》える。
『おなかすいたでチー』
魚《さかな》の群《む》れに、チーズが飛《と》び込《こ》む。
フワコも、魚《さかな》にしがみついたり、上《うえ》に飛《と》び乗《の》ったりして、遊《あそ》び始《はじ》めた。
『はじめまして、フワコでモフ』

と、希実十《きみと》のウサギ・パルが、チーズに大人《おとな》っぽく言《い》った。

『はじめましてッチー！　チーズでチ』

チーズが片手《かたて》を上《あ》げて、元気《げんき》に返事《へんじ》をした。

「これは、**ムラサキサンマ**の群《む》れだな」

希実十《きみと》が、スマホを空《そら》に向《む》けて言《い》う。

でも、なんでサンマが空《そら》に……？

あっ。

「……バグ！」

2人同時《ふたりどうじ》に言《い》った。

「そうだ、これがバグだ。このムラサキサンマをすべて取《と》るのが、爆勉《ばくべん》――つまりバグ取《と》り活動《かつどう》である！」

希実十《きみと》がこぶしをふり上《あ》げた。

うん。でも、ええと、その前《まえ》に写真《しゃしん》！

私《わたし》はスマホのカメラで、空《そら》をパシャパシャ撮《と》った。

希実十《きみと》を見《み》ると、希実十《きみと》もフワコの写真《しゃしん》を何枚《なんまい》も撮《と》っている。

「かわいい」

と、思《おも》わず言《い》っちゃった。

「……ん？」

希実十《きみと》がこちらを見《み》たので、ハッとした。

「フ、フワコちゃん！　かわいい！」

「……そうか」

希実十《きみと》は少《すこ》し赤《あか》くなった。

すっごくうれしそう。自分《じぶん》のパルがほめられると、うれしいよね。わかる！

うれしいなっ。

だって、希実十《きみと》みたいに、エリート系《けい》とか、キラキラ系《けい》とか言《い》われる人《ひと》が、こんなにかわいいパルを大切《たいせつ》にしているなんて。

パルは、初《はじ》めてやるときに、たくさんの質問《しつもん》をされる。

選択肢《せんたくし》や、マルバツ問題《もんだい》、それに短《みじか》い文章《ぶんしょう》を入《い》れるところまである。

その答《こた》えから、パルが生《う》まれてくるんだって。1匹《いっぴき》も、同《おな》じのはいないらしい。

どんな質問《しつもん》に、どんな答《こた》えをして、フワコが生《う》まれたのかな。

とっても気《き》になる。

『希実十《きみと》、パル、大好《だいす》きなんでチねッ』

「わっ、チーズ!?」

チーズはときどき、私《わたし》の気持《きも》ち、大《おお》きな声《こえ》で言《い》っちゃう。

「いやいやいやそれほどでもない」

急《きゅう》に希実十《きみと》は、早口《はやくち》になる。

「輝《てる》のためだ。あいつがパルに熱《あつ》くなるなら、助《たす》けてやらないわけにはいかない。輝《てる》とは、小《しょう》学校《がっこう》からいっしょだから」

「輝《てる》のため……」

そうなんだ。

へえー、と感心《かんしん》してたら、画面《がめん》から顔《かお》を上《あ》げた希実十《きみと》と、目《め》が合《あ》った。

「君《きみ》は……いったい、なんなんだ？」

希実十《きみと》が言《い》った。

「さっきの君《きみ》のメモ帳《ちょう》は、研究《けんきゅう》の記録《きろく》なのか？　どの曜日《ようび》と時間《じかん》、どのマス目《め》の場所《ばしょ》に、アイテムが現《あらわ》れるかを書《か》き記《しる》してあるのか」

うん、と私《わたし》は、うなずいた。

パルにはまってから、しばらく、チーズといっしょに学校内《がっこうない》を歩《ある》き回《まわ》って、どこでアイテムが出現《しゅつげん》するのか、調《しら》べてみたんだ。

そうしたら、学校内《がっこうない》に、見《み》えない大《おお》きなマス目《め》があることがわかってきた。

教室《きょうしつ》の半分《はんぶん》くらいの広《ひろ》さの、大《おお》きなマス目《め》。

マス目《め》ごとに、アイテムが出現《しゅつげん》する。

そして、アイテムが出現中《しゅつげんちゅう》に、そのマス目《め》から出《で》ると、アイテムは見《み》えなくなってしまう。

「どのアイテムが出現《しゅつげん》するのか、は――？」

と、希実十《きみと》に見《み》られて、私《わたし》は首《くび》を横《よこ》にふる。

「ランダム、つまり、くじ引《び》きのようなものなのかもしれないな」

うん。私《わたし》も、そう思《おも》う。

「あのメモを、君《きみ》はひとりで……校内《こうない》を歩《ある》き回《まわ》り、研究《けんきゅう》し、記録《きろく》したということか」

うーん、研究《けんきゅう》って言《い》えるのか、わかんないけど。

「君《きみ》こそ、本当《ほんとう》にパルがすきなのだな」

こんどは、私《わたし》の顔《かお》が……赤《あか》くなった気《き》がする。

サンマの群《む》れは、だんだん少《すく》なくなって、紫《むらさき》の光《ひかり》は弱《よわ》くなる。

ついに空《そら》は、スマホの画面《がめん》の中《なか》でも、ふつうの青《あお》い空《そら》になった。

『まんぷつくぷー』『んー、任務《にんむ》、完了《かんりょう》』

それぞれ満足《まんぞく》そうに、チーズとフワコがスマホにもどって、落《お》ち着《つ》いた。

「よし、では今日《きょう》の学習《がくしゅう》、終了《しゅうりょう》。ビッグカツに移動《いどう》する」

希実十《きみと》はフワコを、いやスマホを、カバンのポケットにシュッと入《い》れた。

「移動《いどう》？」

思《おも》わず、聞《き》き返《かえ》しちゃった。バグ取《と》り活動《かつどう》は、もう、しなくていいの？

「今日《きょう》の宿題《しゅくだい》、1人《ひとり》でやる自信《じしん》はあるのか」

自信《じしん》？　そんなのない。いつだってないよ。だから、首《くび》を横《よこ》にふる。

「なあに、心配《しんぱい》はいらない。ぼくが教《おし》えれば――」

希実十《きみと》は、ニヤリと笑《わら》った。

「君《きみ》なら、あんなものは一瞬《いっしゅん》だ」

あんなもの、って、今日《きょう》の宿題《しゅくだい》のこと？　けっこうたくさんあったよ⁉

エリート系《けい》って、なんなの‼　同《おな》じ中学生《ちゅうがくせい》とは思《おも》えない……。

「その代《か》わりと言《い》ってはなんだが――」

希実十《きみと》は、改《あらた》まって私《わたし》に向《む》き直《なお》り、言《い》った。

「あの地図《ちず》を、書《か》き写《うつ》させてくれないか。今後《こんご》のバグ取《と》り活動《かつどう》を、君《きみ》のやりかたに従《したが》って進《すす》めていきたい。かまわないだろうか？」

わっ……。

私《わたし》のやりかたで、4DX《フォーディーエックス》のバグ取《と》り活動《かつどう》を？

希実十《きみと》が、自分《じぶん》のやりかたを変《か》えるなんて、なんだか意外《いがい》だった。

照《て》れくさいような気《き》がしたけれど、うなずいた。

「よし、さっさと移動《いどう》して、次《つぎ》は学校《がっこう》の爆勉《ばくべん》だ！」

こんどは、希実十《きみと》のほうが先《さき》に、さっさと歩《ある》き始《はじ》めてた。

移動《いどう》した先《さき》は、ビッグカツ。

私《わたし》は、宿題《しゅくだい》の数学問題集《すうがくもんだいしゅう》の解《と》き方《かた》を教《おし》えてもらって、必死《ひっし》にやった。

そしたら、なんと30分《ぷん》足《た》らずで終《お》わってしまって、びっくりした。

希実十《きみと》の勉強《べんきょう》の教《おし》え方《かた》は、ものすごく上手《じょうず》だったんだ！　（ちょっとこわかったけど）

希実十《きみと》は、私《わたし》が問題《もんだい》を解《と》いている間《あいだ》、私《わたし》のメモ帳《ちょう》アプリの学校地図《がっこうちず》を、ノートに書《か》き写《うつ》してた。

「そのうち輝《てる》も克大《かつひろ》も、縁利《ゆかり》さんも来《く》るだろう。カレーでも食《た》べて行《い》けばいい」

って言《い》われたけど、私《わたし》は首《くび》を横《よこ》にふる。

4DX《フォーディーエックス》が全員《ぜんいん》そろったら、また、ちょっと困《こま》っちゃうもんね。

「そうか。では、明日《あした》からまた、バグ取《と》り活動《かつどう》をよろしくたのむ」

新《あたら》しい何《なに》かが、始《はじ》まったんだ……。

帰《かえ》り道《みち》、そんな気《き》がした。

4DX《フォーディーエックス》プロフィール

西《にし》森《もり》 希《き》実《み》十《と》

●誕生日《たんじょうび》：9月《がつ》7日《なのか》（おとめ座《ざ》）●家族構成《かぞくこうせい》：父《ちち》、母《はは》、姉《あね》、妹２人《いもうとふたり》
●好《す》きな食《た》べ物《もの》：豆腐《とうふ》 ●苦手《にがて》な教科《きょうか》：音楽《おんがく》
●休日《きゅうじつ》の過《す》ごし方《かた》：予習復習《よしゅうふくしゅう》、妹《いもうと》の学習指導《がくしゅうしどう》
●スナックにたとえると：調理前《ちょうりまえ》のポップコーン
●みんなに一言《ひとこと》：輝《てる》のこと、よろしくたのむ。

南《みなみ》丘《おか》 克《かつ》大《ひろ》

●誕生日《たんじょうび》：4月《がつ》20日《はつか》（おうし座《ざ》）●家族構成《かぞくこうせい》：父《ちち》、母《はは》
●好《す》きな食《た》べ物《もの》：父《ちち》のカツ、母《はは》のカレー ●好きな教科《きょうか》：社会《しゃかい》、技術《ぎじゅつ》・家庭《かてい》
●休日《きゅうじつ》の過《す》ごし方《かた》：料理《りょうり》、父《ちち》が取《と》っている新聞《しんぶん》をながめる
●スイーツにたとえると：チョコエクレア
●みんなに一言《ひとこと》：レストラン・ビッグカツに来《き》てねーッ！

07

元気《げんき》なカッツとレアキャラ騒動《そうどう》

木曜日《もくようび》、放課後《ほうかご》。
今日《きょう》は一日《にち》、アネ系《けい》の３人《にん》、話《はな》しかけてこなかった。
昨日《きのう》、ムラサキサンマ、たくさん手《て》に入《い》れたのにな。
今《いま》、３人《にん》は、少《すこ》しはなれた席《せき》で何《なに》か話《はな》しながら、こっちをちらちら見《み》てる。
こっちから、話《はな》しかけてみようかな。
でも、いつもはむこうから、アイテムちょうだいって言《い》ってくるのに、変《へん》だよね。
もう、いらないのかな？
パル、あきたのかな？
でも、いきなり？
ああぁ、頭《あたま》の中《なか》が、ぐるぐるぐるぐる。
こういうことを考《かんが》えるの、すごく苦手《にがて》……っ。

「はあ……」

ため息《いき》をつきながら、荷物《にもつ》をまとめて顔《かお》を上《あ》げたら、

「晴先輩《はるせんぱい》っ」

「……！」

ギクリ。

机《つくえ》の前《まえ》に、カッツが立《た》っていた。

カッツは、きょろきょろ見回《みまわ》して、

「晴先輩《はるせんぱい》って、いつもぼっちだね。親友《しんゆう》とか、いないの？」

ガーン！

突然《とつぜん》、なんてこと言《い》うの⁉

し、親友《しんゆう》……？

そうっと、アネ系《けい》の3人《にん》のほうを、見《み》てみる。

「今日《きょう》はカッツだし」「友《とも》だち？」「まじでどうなってんの」

ボソボソ言《い》ってるの、聞《き》こえてる。

うーん。私《わたし》からあの3人《にん》を、親友《しんゆう》って言《い》うのは、ちょっと厚《あつ》かましいかな……。

目《め》をもどすと、カッツは、私《わたし》のことをじーっと見《み》てた。

「……いないなら、2人《ふたり》だけでいいや。行《い》こ！」

カッツは、私《わたし》のカバンを持《も》ち上《あ》げると、自分《じぶん》のリュックの上《うえ》に引《ひ》っかけて、走《はし》り出《だ》す。

わっ、待《ま》って！

私《わたし》もそれを追《お》って、教室《きょうしつ》を後《あと》にした。


「こっちだよね。早《はや》く、晴先輩《はるせんぱい》」

こっちだよね、って、先《さき》にどんどん走《はし》っていっちゃうけど……。

……ん？　あーっ、この場所《ばしょ》！

音楽準備室《おんがくじゅんびしつ》の前《まえ》のろうか。そして今《いま》は、木曜日《もくようび》の放課後《ほうかご》。ということは……。

「これだよねっ」

カッツがふり返《かえ》って、折《お》れ曲《ま》がったメモ帳《ちょう》を、つき出《だ》して見《み》せる。

「今《いま》、ここでは、パルのアイテムが出現中《しゅつげんちゅう》のはず。えっへーん、予習《よしゅう》はバッチリ！」

そこには、私《わたし》のメモ帳《ちょう》アプリにあるのと同《おな》じ、地図《ちず》とマス目《め》、曜日《ようび》と時刻《じこく》が書《か》いてあった。

すごい。もう、書《か》き写《うつ》してあるなんて！

ちょっと感動《かんどう》してしまった。
カッツは、サッ、とスマホを出《だ》して、パルのアイコンにタッチ。
『グムイ』
うなり声《ごえ》みたいなのが聞《き》こえた。
見《み》ると、カッツのスマホの画面《がめん》に、白《しろ》いコアラみたいなのが映《うつ》ってる。
『ムン⁉』
ぎらりと目《め》を光《ひか》らせる。
それがカッツのパルなんだ！
かわいいけど、なんか、目《め》がするどい……？
「そいつ、ジンベーっていうんだ。よろしくね」
カッツが言《い》ったそのとき、私《わたし》のスマホで、チーズがさけんだ。
『見《み》つけた。ラーメンズだチ！』
出《で》たーっ、アイテム！
画面《がめん》を見《み》ると、ラーメンどんぶりが黒《くろ》いパンツをはいて、長《なが》い脚《あし》で走《はし》り回《まわ》ってる。
「**ラーメンズ**！　レアアイテムだね」

カッツも、目《め》をキラキラさせて、スマホでろうかを見回《みまわ》してる。

たしかにラーメンズはめずらしい。どきどき！

でも、う〜っ、いつ見《み》てもかわいくないっ。

「あーっ、ネギもりラーメンズ⁉」

カッツが大声《おおごえ》を出《だ》す。

うそっ⁉

「晴先輩《はるせんぱい》、知《し》ってる⁉　ラーメンズのどんぶりに、ネギが山《やま》もりになってるやつ！　すっごくめずらしいんだって」

私《わたし》も知《し》ってる。前《まえ》に、チーズが言《い》ってた。

でも、それは伝説《でんせつ》と言《い》われるくらい、めずらしい。私《わたし》も、見《み》たことない。

「今《いま》、いたんだよ。どこ？　どこにかくれた？」

カッツも、私《わたし》も、スマホをぐるぐる回《まわ》して、辺《あた》りを探《さが》す。

「!!」

どんぶりに明《あか》るい緑色《みどりいろ》のネギが、こんもりとのっている、ラーメンズを発見《はっけん》!

これがネギもりラーメンズか!

コーフン!

私《わたし》、思《おも》わずカッツの肩《かた》をバシバシたたいて、スマホの画面《がめん》を見《み》せる。

「あーっ、晴先輩早《はるせんぱいはや》く! つかまえて!」

「チーズ! ネギもりラーメンズを──あーっ!」

ネギもりラーメンズは脚《あし》が速《はや》い。すぐに画面《がめん》から出《で》て行《い》っちゃう。

ネギを散《ち》らしながら、ろうかを走《はし》り、壁《かべ》を上《のぼ》り、また飛《と》びおりてかけ回《まわ》る。

ん? その後《うし》ろを追《お》いかけて飛《と》び回《まわ》る、白《しろ》いかげは……。

……カッツのパル、ジンベーだ!

『ムッ、ムッ、ムッ』

素早《すばや》い! 前足《まえあし》の爪《つめ》をギュンギュンとふりながら、かべと床《ゆか》でジャンプをくり返《かえ》す。かっこいい。それでも、ネギもりラーメンズには追《お》いつかない。

「やばいっ、だれかーっ、ネギもりラーメンズ、つかまえてっ」

気《き》がついたら、カッツがさけんでた。

「ネギもりラーメンズ？」「まじで？　レアキャラじゃん」

近《ちか》くの教室《きょうしつ》から、部活《ぶかつ》の子《こ》たちが、わいわい出《で》てきた。

美術部《びじゅつぶ》、軽音部《けいおんぶ》、化学部《かがくぶ》に料理部《りょうりぶ》。アート系《けい》、バンド系《けい》、理科系《りかけい》にお料理系《りょうりけい》……。

みんな、次々《つぎつぎ》とスマホを取《と》り出《だ》し、自分《じぶん》のパルを画面《がめん》に出《だ》している。

『キーッ』『ピピッ』『ムホホホホ』『イヤーン』『グハーッ』

さまざまなタイプのパルの声《こえ》が、ろうかにあふれる。

あわわわっ、みんな、テンション高《たか》くなってきた。

スマホをぐるぐる動《うご》かして、ろうかのあちこちを画面《がめん》に映《うつ》し、腕《うで》や肩《かた》がぶつかりあってる。

「いてっ」「ごめんっ」「どっちに行《い》った？」「あせるーっ」

うわー、こういうの苦手《にがて》。どうしよう。

みんなの声《こえ》が、どんどんおおきくなる。

さけんだり、笑《わら》ったり、飛《と》びはねたり。

そうだ。ネギもりラーメンズを探《さが》してるんだから、私《わたし》のことなんか、だれも見《み》てない。

そうっと、帰《かえ》っちゃおっか？
でも、カッツは？
せっかく教室《きょうしつ》までむかえに来《き》てくれたのに、だまって帰《かえ》るのは、良《よ》くないよね。
でも、急《きゅう》に帰《かえ》るなんて言《い》ったら、きっと、びっくりしちゃう。
せっかく、楽《たの》しそうなのに。
みんなで盛《も》り上《あ》がって、ネギもりラーメンズを追《お》いかけて――。
いいな。
カッツ、キラキラしてる。
キラキラ系《けい》だもの。
私《わたし》もあんなふうに、たくさんの人《ひと》といっしょに、盛《も》り上《あ》がれたらな……。

ザザーン。ザザザーン。波《なみ》の音《おと》。
濃《こ》い青《あお》の空《そら》。濃《こ》い緑《みどり》の草《くさ》。
ああ、ここ、パパのいる島《しま》だ。
海岸《かいがん》の、白《しろ》い砂《すな》。そこらじゅうに、小《ちい》さな穴《あな》が、ぼこぼこあいてる。

この穴《あな》に、何《なに》がいるのかな？　カニかな？
カサカサッ……。あっ、ラーメンズ！
「今《いま》だ！　撮《と》って、撮《と》って！」
パパのささやき声《ごえ》。
そっか。
たまにはいっしょに写真《しゃしん》を撮《と》ろう、って、歩《ある》き回《まわ》ってたんだっけ。
いつもは、ひとりぼっちのパパ。
いい写真《しゃしん》を撮《と》るには、それが大切《たいせつ》なんだって。
「ひとりでいるのも、晴《はる》やママといるのと同《おな》じくらい、大切《たいせつ》なんだ。
晴《はる》も、おれの子《こ》だから、ぼっちの力《ちから》を持《も》っているよ」
へんなの。
力《ちから》もなにも、私《わたし》は今《いま》、究極《きゅうきょく》のぼっちだよ。
へんっていえば、ラーメンズが浜辺《はまべ》にいるのも、へんだね。
――シャッターチャンスは　なあにでさがす？　そうだよ、おしりでさがすんだ――
パパの、得意《とくい》の、へんな歌《うた》も聞《き》こえる。

これ、夢《ゆめ》かな？
今年《ことし》はまだ、島《しま》に行《い》けてないもんね……。
ザザーン。ザザザーン……。

「ぶほぉああ⁉」
思《おも》わず、へんな声《こえ》を出《だ》して、がばっ、と起《お》きた！
こ、こ、ここは。
見回《みまわ》して、すぐにわかった。保健室《ほけんしつ》。
私《わたし》……。
気《き》を失《うしな》ってた⁉
で、あそこから運《はこ》ばれたの？
だっ、だれが運《はこ》んで……？
そうだ、す、スマホ……、と、思《おも》って見回《みまわ》したら、すぐ枕元《まくらもと》に置《お》いてあった。
カバンも、枕《まくら》のすぐそば、ベッドの下《した》に、だれか立《た》てておいてくれたみたい。
画面《がめん》を見《み》ると、

『ラーメンズ、ひとつも取《と》れなかったでチ』
チーズがぷうっとふくれている。
『ラーメン、食《た》べたかったでチッ』
ごめん、チーズ。
そうだ、あの、ラーメンズの大《おお》さわぎから、そうっと抜《ぬ》け出《だ》して……。
ちょっと歩《ある》いたところで、目《め》の前《まえ》がすうっと暗《くら》くなって。
あっ、貧血《ひんけつ》かな、と思《おも》って、ろうかのはじですわりこんだんだ。
そこから、覚《おぼ》えてない。
『ところで、メッセージが届《とど》いているでチ』
えっ。だれから？
開《ひら》いてみると。

なんで言《い》ってくれないんだよ。絶対《ぜったい》、守《まも》るのに。カッツ

カッツって。カッツからだ。

言《い》ってくれない？　って……？

「あっ！　どう？　良《よ》くなった？　あら、もうスマホ見《み》てるの？」

ベッドを囲《かこ》むカーテンがゆれて、保健《ほけん》の先生《せんせい》の顔《かお》がのぞいた。

背《せ》が高《たか》くて、さばさばしてる、女《おんな》の先生《せんせい》。少《すこ》しママに似《に》てる。

「春山《はるやま》さん、ときどきあるからね～、こういうこと」

そう。

入学《にゅうがく》してから今《いま》までで、5回《かい》くらいは、貧血《ひんけつ》でここに来《き》てる。

「でも、かつがれて来《き》たのは初《はじ》めてだね」

と、先生《せんせい》は笑《わら》った。

かつがれて？

「あのちっちゃな身体《からだ》で、よく春山《はるやま》さんをおんぶして、階段《かいだん》を降《お》りられたよねえ……カッちゃん。

ふふふ」

先生《せんせい》は、楽《たの》しそうに笑《わら》った。

カッちゃんって……カッツ？

カッツが、私《わたし》を運《はこ》んで……!?

「でも、どうして倒《たお》れちゃったのか、すごく心配《しんぱい》してたから……春山《はるやま》さんは、たくさんの人《ひと》に囲《かこ》まれて、さわぎや混乱《こんらん》になるのが、とても苦手《にがて》みたいよ、って、言《い》っておいたからね」

あ。

「待《ま》ってるって言《い》ってたけど、先生《せんせい》、先《さき》に帰《かえ》らせちゃったよ。よかった？」

あ、はい、いいです。

それで、さっきのメッセージの意味《いみ》が、わかった。

みんなで遊《あそ》ぶのが苦手《にがて》なら、言《い》っとけばよかったのか……。

迷惑《めいわく》かけてごめんなさい

って、返事《へんじ》を書《か》いた。

守《まも》る、って言《い》われても、ピンとこない。

でも、カッツはそんな私《わたし》のことを、とても真剣《しんけん》に考《かんが》えてくれたんだ。

08 ふわふわ縁利《ゆかり》と晴《はる》の友《とも》だち

金曜日《きんようび》、放課後《ほうかご》。
4DX《フォーディーエックス》と知《し》り合《あ》いになったのは、月曜日《げつようび》。その週《しゅう》がもう、終《お》わろうとしている。
今日《きょう》は、放課後《ほうかご》になったらすぐに、アネ系《けい》の3人《にん》は教室《きょうしつ》からいなくなった。
きっと3人《にん》で、どこかに遊《あそ》びに行《い》ったんだな。
そして、私《わたし》は……。
今日《きょう》も今日《きょう》とて、バグ取《と》り活動《かつどう》……。
「はぁあああぁあ」
すぐとなりで、縁利《ゆかり》さんが、大《おお》あくびをした。
『マッチ、少《すこ》しジョギングしてきていいかしら。シェイプアップしたいから』
と言《い》ったのは、縁利《ゆかり》さんのパル、ミツバチのマッチちゃん。
黄色《きいろ》とオレンジのストライプがとってもかわいい。おしりに針《はり》があるのも。

「あっ、いいですよ。行《い》ってらっしゃーい」

縁利《ゆかり》さんは、手《て》をひらひらふって、画面《がめん》の中《なか》のマッチを見送《みおく》った。

『それなら、チーズも遊《あそ》びにいくでチ』

はーい、行《い》ってらっしゃーい。どうせ、けっこうひまだもんね。

ここは、教員玄関近《きょういんげんかんちか》くの駐車場《ちゅうしゃじょう》。

少《すこ》しくぼんだ広場《ひろば》が駐車場《ちゅうしゃじょう》になっていて、その周《まわ》りの土手《どて》には、いくつか、ベンチがある。

そのベンチにすわって、パルのアプリを通《とお》して駐車場《ちゅうしゃじょう》を映《うつ》すと……。

車《くるま》はみんな見《み》えなくなって、代《か》わりにそこは水面《すいめん》になる。

くぼ地《ち》の駐車場《ちゅうしゃじょう》が、パルの世界《せかい》では、小《ちい》さな湖《みずうみ》になってるんだ。

水面《すいめん》で、にじ色《いろ》の円《まる》いものが浮《う》かんだり沈《しず》んだりしていた。ビーチボールみたいだけど、すっかり浮《う》かぶと、平《ひら》たい形《かたち》が見《み》えてくる。

これ、**ニジイロシイタケ**。

「シイタケが、湖《みずうみ》で泳《およ》いでいるって、おもしろいですね」

ぼそっ、と、縁利《ゆかり》さんが言《い》う。

「バグ……」

バグですから。

「ですよね〜」

だから私《わたし》たち、今日《きょう》も今日《きょう》とて、バグ取《と》り活動《かつどう》をしています。

水中《すいちゅう》のアイテムは、チーズとマッチには取《と》りに行《い》けない。

そこで私《わたし》と縁利《ゆかり》さんは、アイテム【つりざお】を使《つか》って、つりをしてる。

つりざおを【持《も》つ】と、画面《がめん》の真《ま》ん中《なか》に赤《あか》い吸《きゅう》ばんが出《で》てくる。

画面《がめん》を見《み》ながらスマホを動《うご》かして、その吸《きゅう》ばんがえものにキュッと吸《す》いついたとき、ぱっと画《が》面《めん》を持《も》ち上《あ》げる。

うまくいくと、そのアイテムが取《と》れるし、もう1つ、くっついてくることもある。

この、キュッと吸《す》いつく具合《ぐあい》がびみょうで、おもしろいんだ!

「……」

「……」

「この、つり、って、始《はじ》めると、無言《むごん》になりますよね……夢中《むちゅう》になっちゃって……」

縁利《ゆかり》さんも、私《わたし》と同《おな》じこと考《かんが》えてた。

うんうんうん、と、私《わたし》はうなずく。

「はい。これを作《つく》った天《そら》さんは、天才《てんさい》です」

縁利《ゆかり》さんは、にっこり笑《わら》って、すぐにスマホに目《め》をもどす。

そうだ……ちょっと忘《わす》れてたけど、このゲームを作《つく》ったのは、輝《てる》のお兄《にい》さんだ。

天《そら》さんっていうんだ。

「天《そら》さんは、昔《むかし》から天才《てんさい》だったんですよ」

４ＤＸ《フォーディーエックス》は、小学生《しょうがくせい》のころから、公園《こうえん》での遊《あそ》び仲間《なかま》だったんだって。

病弱《びょうじゃく》な天《そら》さんはよく学校《がっこう》を休《やす》んでいて、放課後《ほうかご》は公園《こうえん》で輝《てる》たちが遊《あそ》ぶのを見《み》ていたらしい。

そのとき、変《へん》な遊《あそ》びを発明《はつめい》しては、４人《にん》に教《おし》えて実験《じっけん》していたんだとか。

「４人《にん》の性格《せいかく》はバラバラだけど、天《そら》さんがいたから仲良《なかよ》くなれたんです」

そして、その人《ひと》は今《いま》、パルのアプリの作者《さくしゃ》になった。

ラーメンズみたいな、変《へん》なアイテムを作《つく》っちゃう人《ひと》でもあるんだ……。

「……バグじゃ……ないのかも」

ぼそっと、言《い》ってしまった。

「え？」

縁利《ゆかり》さんが、とっさにふり向《む》く。

「バグじゃないのかも、って、言《い》いました？　今《いま》？」

私《わたし》、うなずく。

だって、ニジイロシイタケ、水中《すいちゅう》にいると、きれいだしおもしろい。

それに、天《そら》さんは天才《てんさい》なんでしょ。それなら……。

これは、バグじゃなくて……。

もとから、こういうもの、かな、って。

「そうかもです！」

縁利《ゆかり》さんは、スマホを横《よこ》に置《お》いて、目《め》を大《おお》きく見開《みひら》いて、

「天《そら》さんなら『シイタケだってたまには水泳《すいえい》したいのさ～』なんて平気《へいき》で言《い》いそうです。『サン

「マだって空を飛びたいさ～、ヒューッて気持ちよくね～」とかも言いそうです」

縁利さんの、このクネクネしたものまねから想像すると、天さんはやっぱり、変わった人だ。

「それを、輝《てる》はあんなやつだから『シイタケが泳《およ》ぐかよ！　サンマが飛《と》ぶわけねえだろ！　バグだ！』なんて、勝手《かって》にかんちがいしているのかも。あいつ意外《いがい》と大《おお》ボケだから、ッハハハー」

縁利《ゆかり》さんの、輝《てる》のものまね、かなり似《に》てる！

おどろいた。

「ユカリンさんじゃん！　なにしてんの」「キャーッ」「ユカリンさーん」

あっ、この声《こえ》は。

近寄《ちかよ》ってきたのは、アネ系《けい》3人組《にんぐみ》の、レミ、マミ、トモちゃんだった。

「えっ、偶然《ぐうぜん》～。こんなところで会《あ》えるなんて」

「あれっ、晴《はる》っちも。何《なに》してんの？」

「晴《はる》っち、ユカリンさんと友《とも》だち？　まじで？」

「晴《はる》ちゃんは、パルの先生《せんせい》なんです。いろいろ教《おし》えてくれますよ」

と、縁利《ゆかり》さんが言《い》った。

「パルの先生《せんせい》？」「晴《はる》っち、まじで？」「さ、さすが……」

「それに、パルの写真《しゃしん》を撮《と》るのも、すごく上手《じょうず》なんです」

と、縁利《ゆかり》さんが言《い》っちゃったので、

「えっ、まじ？」「撮《と》ってほしい」「撮《と》って」

アネ系《けい》の３人《にん》、いっせいにスマホをつかんで、パルを表示《ひょうじ》させてる。

『へいへーい』『どすこーい』『天《てん》ちゅうでござる！』

カウボーイ風《ふう》、おすもうさん風《ふう》、お侍《さむらい》さん風《ふう》のパル！

「撮《と》って、撮《と》って〜」

縁利《ゆかり》さんを囲《かこ》んで、レミ、マミ、トモちゃんが集《あつ》まって、Ｖサインとかし始《はじ》めた。

私《わたし》は、ぽかーん。

パルの写真《しゃしん》を、撮《と》ってほしかったんじゃないの？

『チーイイズ』『フフン、フフフフン』

どこかで遊《あそ》んでいた、チーズとマッチがもどってきて、アネ系《けい》たちに加《くわ》わった。

そっか。

パルたちと、レミちゃんたちと縁利《ゆかり》さんの、集合写真《しゅうごうしゃしん》を撮《と》ればいいんだ。

私《わたし》、いつもながら、トロい……っ。

い、今《いま》、撮《と》るからね！

あわてて立《た》ち上《あ》がって、みんなを、パシャッ。

4人《にん》と5匹《ひき》の、楽《たの》しそうな写真《しゃしん》が撮《と》れた。

「わあっ、送《おく》って送《おく》って」「うちにも」「うちも」「パルでいい？」「登録《とうろく》しとくね」

遊《あそ》んだパルどうしは、おたがいのことを覚《おぼ》えてる。

【友《とも》だち登録《とうろく》】をすれば、パルからパルへ、メッセージや写真《しゃしん》を送《おく》れるようになるんだ。

私《わたし》とレミ、マミ、トモちゃんは、写真《しゃしん》を送《おく》り合《あ》うために友《とも》だち登録《とうろく》をした。

アネ系《けい》の名前《なまえ》が、私《わたし》のスマホの画面《がめん》にならんだ。

「うすい系《けい》は、入《はい》んないの？」

え？

「いっしょに撮《と》ろ」「晴《はる》っち」「そうだよ、晴《はる》っち」

アネ系《けい》3人組《にんぐみ》は、私《わたし》を手《て》まねきする。

縁利《ゆかり》さんはその真《ま》ん中《なか》で、超《ちょう》にこにこしてる。

じゃ……もう一度《いちど》。

（でも、どこに入《はい》ればいいの？）

と思《おも》ったら、縁利《ゆかり》さんが手《て》まねきしてくれた。

縁利《ゆかり》さんのそばに入《はい》って、こんどは、

(でも、このままじゃ、だれか別《べつ》の人《ひと》が撮《と》らないといけないし。悪《わる》いよっ)

と思《おも》っていたら、縁利《ゆかり》さんが、

「これでしょ?」

と、私《わたし》のスマホをタッチした。

押《お》したのは、ぐるっと回《まわ》る矢印《やじるし》の、小《ちい》さなアイコン。

そのとたん、カメラの画面《がめん》がぐるりと回《まわ》って、スマホのこちら側《がわ》を映《うつ》し出《だ》す。

そうだ……「自撮《じど》り」だっ。

友《とも》だちと、自撮《じど》り。

ふだん、パルとしか自撮《じど》りしないから、思《おも》いつかなかった………っ、と、は、言《い》えない!

ど、ドキドキする。

平常心《へいじょうしん》で! さりげなく! がんばれ、自分《じぶん》!

スマホを持《も》ったまま、腕《うで》をのばして、こっち側《がわ》の写真《しゃしん》を撮《と》る。

パシャッ。「送《おく》って」「送《おく》って送《おく》って」「うちも」……。

あっ……。

これが、友《とも》だちと写真《しゃしん》を撮《と》る、ってことなんだ……。

そのあとは、縁利《ゆかり》さんとアネ系《けい》と、私《わたし》の5人《にん》で、つりをした。

ニジイロシイタケが湖《みずうみ》にいるのは、バグかもしれないし、そうじゃないかもしれない。

でも、アネ系《けい》の3人《にん》は、そんなことまったく気《き》にしないで、つりに熱中《ねっちゅう》してた。

そのときレミちゃんが、私《わたし》のとなりで、小声《こごえ》で言《い》った。

「ホントはね。今日《きょう》も晴《はる》っち、きっと4DX《フォーディーエックス》のだれかとパルしてるよね、って話《はなし》になって……

3人《にん》で、さがしたの」

えっ。さっき、偶然《ぐうぜん》、って言《い》ってたのに!?

「晴《はる》っちのおかげで、縁利《ゆかり》さんと遊《あそ》べて超《ちょう》うれしい。晴《はる》っちも楽《たの》しいし」

「えっ」

「ありがとっ」

レミちゃんは、にこっ、と笑《わら》った。

「い、いいえ」

うまく返事《へんじ》できないよ！

私《わたし》だって、アネ系《けい》の3人《にん》と、こんなふうに遊《あそ》べてうれしい。
縁利《ゆかり》さんは、私《わたし》が自分《じぶん》でも知《し》らなかった望《のぞ》みを、見通《みとお》していたみたい。
ふわふわ、私《わたし》を導《みちび》いて、願《ねが》いをかなえてくれたんだと思《おも》う。

ニジイロシイタケは、5人《にん》でつると、10分《ぷん》もしないうちにいなくなった。
これで、今日《きょう》のバグ取《と》りは終了《しゅうりょう》だよね⁉
『ではっ、晴《はる》ちゃんとチーズは、これで帰《かえ》るでチ！』
縁利《ゆかり》さんと、アネ系《けい》3人《にん》と、4匹《ひき》のパルたちに手《て》をふって、私《わたし》は学校《がっこう》を飛《と》び出《だ》した。
こんな、楽《たの》しくなりすぎちゃって……。
どうしたらいいのか、よく、わかんなかったんだ。

09 学校《がっこう》デートでまんが没収《ぼっしゅう》

家《いえ》に帰《かえ》ってから、すぐにスマホを取《と》り出《だ》して、今日《きょう》の写真《しゃしん》をまじまじ、見《み》てみた。
5人《にん》で楽《たの》しそうにしている写真《しゃしん》。パルもいて、天気《てんき》がよくて。
みんな、仲《なか》よさそう……に、見《み》える。
「ま、まあ、縁利《ゆかり》さんといたからだよね」
『写真《しゃしん》でチか？　そんなに見《み》たいでチか？　仕方《しかた》がないでチねッ』
チーズが画面《がめん》の真《ま》ん中《なか》に走《はし》り出《で》て、ズバッ、と両手《りょうて》を広《ひろ》げた。
えーっ。うーんと、べつにもういいんだけど……。
チーズの両手《りょうて》の間《あいだ》に、小《ちい》さな写真《しゃしん》がずらりと出《で》てくる。
『ダーリン写真集《しゃしんしゅう》でチ！』
まじですか……。
チーズは次々《つぎつぎ》に、写真《しゃしん》を拡大《かくだい》して見《み》せていく。

いったいいつの間《ま》に撮《と》ったの？

マチャとベビーと3匹《びき》の自撮《じど》りや、マチャとベビーの写真《しゃしん》、マチャだけでカッコつけてる写真《しゃしん》など、など。幸《しあわ》せそう。ベビーは少《すこ》し、大《おお》きくなった。

『ほかにこんなのも、あるでチよ』

カッツのパル・ジンベーと戦《たたか》っていたり、縁利《ゆかり》さんのパル・マッチと遊《あそ》んでいたり。

そして、アネ系《けい》3人組《にんぐみ》のパル・カウボーイ風《ふう》のジョニー、おすもうさん風《ふう》のサチノサト、お侍《さむらい》さん風《ふう》のゴザローと、マッチとチーズと撮《と》った、5匹《ひき》の集合写真《しゅうごうしゃしん》もある。

チーズが勝手《かって》に撮《と》った、パルの写真《しゃしん》ばかりだけど……。

でも、見《み》ていると、パルの持《も》ち主《ぬし》の顔《かお》も浮《う》かんでくる。

今週《こんしゅう》は、こんなにたくさんの人《ひと》と過《す》ごしたんだなあ、なんて思《おも》う。

そんなの、自分《じぶん》じゃないみたい。

でも、楽《たの》しかった、よね。

でも、ドキドキして、大変《たいへん》だった。

4DX《フォーディーエックス》と私《わたし》は、何《なに》もかも、あんまりにもちがいすぎるよね。

4DX《フォーディーエックス》って……。

私《わたし》の、なんなんだろう。

「友《とも》だち、っていうのも変《へん》だよね……」

ふうー。ため息《いき》ついた。

ポピポピポピッ。『コールでーチ』

チーズが画面《がめん》のはしから、昔風《むかしふう》の受話器《じゅわき》を差《さ》し出《だ》した。

『ダーリンでチ』

「えっ」

ほぼ何《なに》も考《かんが》えずに、それをタッチしてしまった。

そのあとで、画面《がめん》に「輝《てる》」って出《で》てるのを見《み》て、あせる。

「えっ。えっ。だっ。ダッ？」

『え、じゃねーし。ダ、じゃねーし。輝《てる》なんだけど』

うわっ、ホントに輝《てる》の声《こえ》だ。

コールしてくるとか、どういうこと!?　そんな、親友《しんゆう》でもないのに!?

だっ、だっ、ダッ、ダッ、ダーリンでもないしね!?

『おまえ、明日《あした》、ひま？』

いきなり、きかれた。

「えっ。明日《あした》。うー……」

ひまといえば、ひまなのかもしれない。とくに予定《よてい》はない。

でも……。

そのとき、

『ひまだな。じゃ、1時《じ》に、正門《せいもん》の横《よこ》』

「せ、せいもん？」

『学校《がっこう》の正門《せいもん》に決《き》まってんだろ。スマホ、がっつり充電《じゅうでん》してこい。じゃ』

コール、切《き》れた……。

「なっ、なななな？」

明日《あした》、土曜日《どようび》。学校《がっこう》、休《やす》み。待《ま》ち合《あ》わせ。わざわざ。

「なななななななな？」

なんだろう、これは!?

土曜日《どようび》、1時《じ》、正門《せいもん》の横《よこ》。私《わたし》、立《た》っている。

正門《せいもん》を通《とお》って、部活《ぶかつ》の子《こ》たちが出入《でい》りしている。

だれも、まさかここにいる私《わたし》が、キラキラ系《けい》の男子《だんし》を待《ま》っているなんて、思《おも》わないよね。

私《わたし》だって、信《しん》じられない。

だまされてるんじゃないよね。

かんちがいしてるんじゃないよね。

いや……かんちがいなのかもしれない。まだ来《こ》ないし。ガーン……。

『**こっちこっち。早《はや》く！**』

ん。これ、マチャの声《こえ》だ。スマホを持《も》ち上《あ》げて見《み》る。

チーズが画面《がめん》に飛《と》び出《だ》して、そう言《い》ってから、すっ飛《と》んで消《き》えた。

『ベビーを助《たす》けるでチ！』

ベビー!?

チーズが行《い》ったほうを見《み》ると、それはグラウンドの横《よこ》にある、花《か》だんの向《む》こう。植物園《しょくぶつえん》って呼《よ》ばれているあたり。

畑《はたけ》があって、その向《む》こうには、背《せ》の高《たか》い木《き》やビニールハウスがある。

「植物園《しょくぶつえん》で、ベビーがピンチってこと⁉」

私《わたし》、かけだした。


せまい畑《はたけ》のふちを回《まわ》って、立《た》ち並《なら》んでいるヘチマの向《む》こう側《がわ》に出《で》る。

「ベビー⁉」

このあたりにいる⁉

と、カバンの中《なか》のスマホに手《て》をかけた、そのとたん。

ガヤガヤワイワイ……。

目《め》に入《はい》ったのは、10人以上《にんいじょう》の人《ひと》だかり！

うちのクラスの子《こ》もいるし、あまり知《し》らない子《こ》もいる。こっち側《がわ》にあるビニールハウスを背《せ》にして、向《む》こうにある何《なに》かを見《み》てる。

みんな、スマホをそっちに向《む》けて、操作《そうさ》をしながら、ワイワイさわいでる。

私《わたし》の足《あし》は、自然《しぜん》と……、

「きっと、ベビーも、あの辺《あた》りに……」

……なぜか、後《うし》ろへ……。

どしっ。

肩《かた》の後《うし》ろが、何《なに》かに当《あ》たった。

「おもしろいことになってんな」

「ひぇっ!?」

ふり返《かえ》ると、あの、こわい顔《かお》があった。輝《てる》だ。下《した》から見《み》ると、なお、こわい!

「どっか行《い》こうとしてんじゃねーよ」

「べっ（別《べつ》に）、そっ（そんな）」

たしかに、私《わたし》、後《あと》ずさってた。言《い》い訳《わけ》しようとしても、輝《てる》の顔《かお》はこわいし、うまくいかない。

おたおたしているうちに、目《め》の前《まえ》に、スマホが下《お》りてきた。

輝《てる》が、自分《じぶん》のスマホを両手《りょうて》で持《も》って、私《わたし》の頭《あたま》の後《うし》ろから、目《め》の前《まえ》に支《ささ》えて見《み》せているんだ。

「!?」

見上《みあ》げると、輝《てる》の目《め》はギラギラ、かがやいている。

「見《み》ろ。すっげえノラモン」

「ノラモン!?」

輝《てる》のスマホの画面《がめん》を見《み》る。

そこには、目《め》の前《まえ》の景色《けしき》。植物園《しょくぶつえん》、ビニールハウス、そして、人《ひと》だかり。

その前《まえ》には……ホントだ、ノラモンだっ。

ノラモンって、パルの世界《せかい》にときどき出現《しゅつげん》する、モンスターみたいなもの。

パルは、イイネ玉《だま》っていう玉《たま》をノラモンに投《な》げて、やっつけるんだ。そうすると、パルは少《すこ》し、強《つよ》くなれる。

イイネを投《な》げて、何《なに》かをやっつけるなんて、天《そら》さんの考《かんが》えることって、やっぱりちょっと変《か》わってると思《おも》うけど……。

このノラモン、かなり大《おお》きい。初《はじ》めて見《み》るタイプ。

全体《ぜんたい》の形《かたち》は、オルガン。それも、金属《きんぞく》のパイプがたくさんあるやつ。パイプオルガンのパイプが、あっちこっちに飛《と》び出《だ》して、タコの足《あし》みたいにのたうち回《まわ》ってる。

『ばいーおん!』

鳴《な》いたっ。

鳴《な》き声《ごえ》も、オルガンみたいな和音《わおん》になってる。

周《まわ》りにはパルが飛《と》び交《か》って、イイネ玉《だま》を投《な》げてる。

『ババビッブッ』

ベビーもいた！　オルガンのおばけに、上《うえ》から飛《と》びかかって、おしりを当《あ》てて、ぽーんとはずんだ。それを、待《ま》ちかまえていたマチャが、がっちり受《う》け止《と》める。

ベビーは、自分《じぶん》がイイネ玉《だま》のつもりなのかな？

『チーズも行《い》くでチ！　ベビーとマチャを、ほうっておけないでチ！』

チーズが画面《がめん》に飛《と》びこんできて、じたばた、じたばた。よーし。

私《わたし》はスマホを持《も》ち上《あ》げて、

「いいよチーズ、ノラモンと戦《たたか》ってきて！」

小《ちい》さな声《こえ》でＯＫする。

『チッチーー！』

チーズが飛《と》び出《だ》したとたん、

「チーズ、マチャ、ベビー、チームバトルだ！」

輝《てる》が声《こえ》を上《あ》げた。

「チーム⁉」

『ラジャーっチ！』『あいよっ』『バブッチ！』

チーズ、マチャ、ベビーが次々《つぎつぎ》に返事《へんじ》をする。

マチャとベビーはともかくとして、なんでチーズが、輝《てる》の言《い》うことをきいてるの⁉

「パートナーどうしとベビーは、チームで戦《たたか》えるって知《し》ってた？」

「チーム……」

ぽかんとする私《わたし》に、

「ファミリーだからな」

輝《てる》は笑《わら》った。

「‼」

それって、すごい！

3匹《びき》が横《よこ》に並《なら》んで、両手《りょうて》を上《あ》げる。

その上《うえ》に、ぽわーんと、かがやく玉《たま》が浮《う》かんだ。

イイネ玉《だま》だ！　大《おお》きい！

『そぉーおれっ』

3匹《びき》は、ぐいっとのけぞり――。

――投《な》げた！

ギュル……ギュルルルルルルルーィ！

すごい勢《いきお》いで、イイネ玉《だま》が飛《と》んでいく。

真正面《ましょうめん》から、オルガンおばけの顔《かお》に向《む》かっていくと、

『ばぃん？』

むぎゅっ。つきささった。

顔《かお》がへこんだオルガンは、ちょっと止《と》まった。

そこに、周《まわ》りで飛《と》び回《まわ》っていたパルたちが、いっせいにイイネ玉《だま》を投《な》げた。

『ばぃぉおおおおん！』

オルガンは、けむりを出《だ》して、くずれて落《お》ちた。

『やたー！』『イエース』『やっぴー』

周《まわ》りのパルたちは、それぞれに、うれしそうな声《こえ》を上《あ》げてくるくる回《まわ》る。

けむりの中《なか》から、チーズとマチャとベビーが出《で》てきた。ベビーを真《ま》ん中《なか》にして、手《て》をつないでる。それを取《と》り囲《かこ》んで、パルたちははね回《まわ》る。

「すごい」

つぶやいたら、

「強《つえ》えな」

すぐ上《うえ》から、輝《てる》の声《こえ》がした。

「うん！」

と、見《み》ると、輝《てる》と私《わたし》はほとんど重《かさ》なるようにして、スマホをかかげてその様子《ようす》を見《み》てた。

ちょっ、ちょっと近《ちか》い……。

「今日《きょう》はこれを見《み》せたかったんだ。それに、ノラモン見《み》つけて、こいつらを強《つよ》くしときたいだろ。いいぞ、ベビー、チーズ、マチャ！」

輝《てる》がパルたちに声《こえ》をかけた。

チーズとマチャとベビーは、家族《かぞく》……。

ってことは、私《わたし》も、親《しん》せきみたいなものかな……。

輝《てる》と、晴《はる》と、チーズとマチャとベビーで、ゆかいな一族大集合《いちぞくだいしゅうごう》、みたいな……？

ぽわわわぁん、と、なんかあったかい気持《きも》ちになった。

ところが、そのとき。

輝《てる》の声《こえ》を聞《き》いて、むこうにいた子《こ》たちが、ぞろぞろ、こっちに向《む》かってきた！

「……っ」

私《わたし》は、自然《しぜん》に後《あと》ずさる。でも、また、背中《せなか》が輝《てる》にぶつかった。

「……!?」

輝《てる》が、私《わたし》をにらんで、ゆっくりと首《くび》をよこにふる。

逃《に》げるな、ってこと？

ぞろぞろ集《あつ》まってきた子《こ》たちの中《なか》から、身体《からだ》の大《おお》きな女子《じょし》が、ひとり進《すす》み出《で》た。

「春山《はるやま》さんだよね？　ね？　それに、テルルも」

「よお、会長《かいちょう》」

輝《てる》が応《こた》えた。

「し、知《し》り合《あ》い!?」

思《おも》わず、声《こえ》が出《で》た。

「知《し》り合《あ》いってか、席近《せきちか》いし。まん研《けん》の会長《かいちょう》だし。ときどきまんが借《か》りてる」

そっか、この子《こ》たち、まん研系《けんけい》――まんが研究会《けんきゅうかい》と、その仲間《なかま》たち――つまり、アニメ同好会《どうこうかい》とか、文芸部《ぶんげいぶ》とか――だ。

まん研系《けんけい》と、キラキラ系《けい》が、交流《こうりゅう》してた……？

「いやーすばらしいね。パルが3匹《びき》もチーム組《く》んでるの初《はじ》めて見《み》た。うちのメンバー14人《にん》でかかってもかなわなかった大型《おおがた》ノラモンが、一撃《いちげき》でやられたもんね。おかげでバトルポイントもらえたし私《わたし》のパルはレベルが上《あ》がったたし、ホントありがたい！　私《わたし》たちといっしょにここでしばらく待《ま》って次《つぎ》のノラモンともいっしょにバトルしない？　まん研《けん》のまんが読《よ》んでいいから。ね。次《つぎ》も助《たす》けて。よろしく」

会長《かいちょう》さん、すっごい早口《はやくち》で、いっきにしゃべった。

「はいはいはい、どれ読《よ》みますかー？」

すごい細身《ほそみ》の男《おとこ》の子《こ》が、大《おお》きな紙袋《かみぶくろ》を開《ひら》いて見《み》せる。中《なか》はまんがでいっぱい。

「いや、あの」

「遠《えん》りょしないでね、たくさんありますから。今日《きょう》はここでまんがを読《よ》みながら、ノラモン待《ま》つって決《き》めてるんです」

「副会長《ふくかいちょう》、春山《はるやま》さんは写真《しゃしん》が好《す》きなんじゃないのかな」

「あっ、そうですね会長《かいちょう》、ではこれオススメ」「はいそれ」「絶対《ぜったい》これ」

きゃしゃな子《こ》は、大《おお》きな紙袋《かみぶくろ》から、5、6冊《さつ》のまんがを取《と》り出《だ》した。

「これね、高校《こうこう》の写真部《しゃしんぶ》が舞台《ぶたい》のギャグまんが。昔《むかし》のだけど、超《ちょう》おもしろいですよ、うちのお姉《ねえ》ちゃんが教《おし》えてくれたんですけど」

「ど、どうして」

2人《ふたり》は、きょとんとして、

「どうしてって？」

『晴《はる》ちゃんが写真大好《しゃしんだいす》きって、どうして、知《し》ってるんですか？』

チーズがきいた。

「みんな知《し》ってるし」

と、2人《ふたり》は言《い》った。

こんどは、私《わたし》がきょとんとなった。みんな知《し》ってるって？

そのとき。

目《め》の前《まえ》のまんがが、ぱっと消《き》えた。

「!?」「あーっ」「うそっ」

私《わたし》と会長《かいちょう》さんと副会長《ふくかいちょう》さん、3人《にん》で見回《みまわ》す。

「こらー、まん研《けん》！　まんがを持《も》ってきたら没収《ぼっしゅう》するって、言《い》ったよなあ？」

わ！　すぐそこに、先生《せんせい》がいた。

ひょろっと背《せ》の高《たか》い、男《おとこ》の先生《せんせい》。吹田先生《ふきたせんせい》だ。風紀委員《ふうきいいん》だから、持《も》ち物《もの》とか制服《せいふく》の着方《きかた》とか、いろいろうるさい先生《せんせい》。

その先生《せんせい》が、まんがを取《と》り上《あ》げちゃったんだ。

これは、まずい……。

「なんで先生《せんせい》が、こんなとこにいんの？」

輝《てる》が、のしのしと前《まえ》に出《で》て、言《い》った。

吹田先生《ふきたせんせい》は、輝《てる》がいるのに気《き》がついて、おどろいた顔《かお》をした。

「いちゃあ悪《わる》いのか？　先生《せんせい》だって、土曜日《どようび》に散歩《さんぽ》くらいする」

「わざわざ、学校《がっこう》で散歩《さんぽ》かよ。土曜《どよう》って休《やす》みじゃねえの」

輝《てる》は言《い》い返《かえ》したけど、先生《せんせい》は返事《へんじ》をしない。

「ゆるしてゆるしてゆるして」「やーん、ごめんなさい」

会長《かいちょう》さんと副会長《ふくかいちょう》さんがあやまるけれど、吹田先生《ふきたせんせい》は耳《みみ》を貸《か》さない。

「いくら部活《ぶかつ》といっても、禁止《きんし》されているものを学校《がっこう》に持《も》ってきたら、だめなんだ。そこ！　そこも！　ほらほら。おまえら、いつもこれだなあ」

次々《つぎつぎ》と、まん研《けん》の子《こ》たちが持《も》っていたまんがを取《と》り上《あ》げて、

「来週《らいしゅう》にでも、あやまりにこい」

しまいには紙袋《かみぶくろ》まで取《と》り上《あ》げて、そこにまんがをいっぱい入《い》れると、持《も》っていってしまった。

私《わたし》にまんがを貸《か》そうとして、紙袋《かみぶくろ》から出《だ》していたから、見《み》つかっちゃったんだよね……。

私《わたし》は、おろおろしてしまう。

「おめーが悪《わる》いんじゃねえだろ。キョドんな」

輝《てる》が、私《わたし》の頭《あたま》をつかんで止《と》めた。

「……」

おろおろしてるの、気《き》づかれてた。

「あーははは、そうだよ春山《はるやま》さんのせいじゃないよ」「いいのいいの、なれてますから」「何日《なんにち》かしてあやまりに行《い》くと返《かえ》してくれるから」「いつものことです」「大丈夫《だいじょうぶ》、大丈夫《だいじょうぶ》」

と、会長《かいちょう》さんと副会長《ふくかいちょう》さんも、言《い》ってくれたけど……。

本当《ほんとう》に、大丈夫《だいじょうぶ》かなあ。

まんが研究会《けんきゅうかい》の14人《にん》は、まんががないなら、ってことで、まんがしりとりとか、らくがきとかをして、次《つぎ》のノラモンの出現《しゅつげん》を待《ま》つことにしたらしい。

それを聞《き》いた輝《てる》は、

「バトルしたいなら、歩《ある》きまわってノラモン探《さが》したほうが、早《はや》いんじゃね？」

と、首《くび》をかしげる。

だけど、まん研《けん》の会長《かいちょう》さんは、こう言《い》ったんだ。

「いつもはそうだけど今日《きょう》は、パルのメッセージを信《しん》じて、待《ま》ったほうがいいのでは？」

「パルの？」「メッセージ？」

私《わたし》と輝《てる》は、同時《どうじ》に聞《き》き返《かえ》してた。

会長《かいちょう》さんと副会長《ふくかいちょう》さん、口《くち》をあんぐり。

「えっ。パル、言《い》ってなかった？　今日《きょう》はここで夕方《ゆうがた》まで、大型《おおがた》ノラモンが何度《なんど》も出《で》るって。まん研《けん》では、みんな、パルから聞《き》いたって」

「それで、急《きゅう》きょ、集《あつ》まることにしたんですよ？」

輝《てる》と私《わたし》は、顔《かお》を見合《みあ》わせる。

「マチャは、んなこと、言《い》ってねえぞ」

『チーズ、知《し》らないでチ』

会長《かいちょう》さんは、とつぜん、ハアッと口《くち》に手《て》をあてると、私《わたし》にすがりついた。

「もっ、もしかして、今日《きょう》って、ふつうにデートだった⁉　うちら、じゃました？　じゃましたんだよね？　うちらもしかして最低《さいてい》⁉」

ちっ、ちがうちがうちがう、そんなばかな！

私《わたし》は、首《くび》がふっとぶんじゃないかって思《おも》うくらい、勢《いきお》いよく首《くび》を横《よこ》にふる。

私《わたし》と輝《てる》が——超地味系《ちょうじみけい》とキラキラ系《けい》が——デートだなんて、あり得《え》ない！

「おい。ちょっといいか」

「はっ⁉」

いきなり、うでをつかまれた。

輝《てる》に引《ひ》きずられるようにして、私《わたし》は、植物園《しょくぶつえん》から遠《とお》ざかる。

「じゃまして、ごめんねぇえええええ」

会長《かいちょう》さんの声《こえ》が、後《うし》ろから聞《き》こえてた。

やばいよ、誤解《ごかい》されてる‼

「ご、誤解《ごかい》……っ」

「んなことはどうでもいい。さっきのこと、チーズ、本当《ほんとう》に知《し》らなかったんだな？」

「？」

さっきのこと。

大型《おおがた》ノラモン出現《しゅつげん》のこと？

画面《がめん》を見《み》ると、チーズは、首《くび》をふるふる、横《よこ》にふっている。

『チーズ、知《し》らなかったでチ』

「マチャ。おまえはどうだ。大型《おおがた》ノラモンが出《で》ること、知《し》ってたか？」

輝《てる》もスマホをかまえて、きいた。

『マチャも知《し》らねえよ。なんだそれ？』

「ベビーは？」

とことこ、画面《がめん》に出《で》てきたベビーは、

『ベビー、ブブビバ』

と、首《くび》をぶんぶん横《よこ》にふる。

「やっぱ、そうか。こいつらは知《し》らなかった……ってことは、同《おな》じ情報《じょうほう》を、知《し》ってるパルと知《し》らねえパルがいるってことだ」

輝《てる》はため息《いき》をつく。

「あーあ。また、バグかよ」

そうかな……？

私《わたし》は、首《くび》をひねる。

「なにおまえ、へんな顔《かお》してんの」

じっと見《み》られて、私《わたし》はあわてて、スマホを2人《ふたり》の顔《かお》の間《あいだ》に立《た》てる。

「なに、かべ作《つく》ってんの。いいから思《おも》ったこと言《い》ってみ」

……かべ。このスマホのことだよね。

かべ、作《つく》るなんて、良《よ》くない。

私《わたし》は、スマホをそっと下《お》ろして、両手《りょうて》で大事《だいじ》に持《も》つ。

「……バグじゃ……ないかも、って」

輝《てる》の目《め》が、だんだん大《おお》きく、見開《みひら》かれていく。

「なんで、そう思《おも》う」

この前《まえ》、縁利《ゆかり》さんと話《はな》したことを、思《おも》い出《だ》しながら話《はな》す。

「天《そら》さん、なにか、考《かんが》えてるのかなっ、て……」

「……」

「天才《てんさい》……だし……」

輝《てる》が何《なに》も言《い》わないから、おこったのかと思《おも》った。

顔《かお》を見《み》たら、うーん、って、考《かんが》え込《こ》んでるみたいだった。

「兄貴《あにき》はすげえよ。でも、心配《しんぱい》なんだ。ボケてるとこあるしよ」

輝《てる》は、話《はな》してくれた。

身体《からだ》の弱《よわ》い天《そら》さんは、今《いま》、1人《ひとり》暮《ぐ》らしで病気《びょうき》を治《なお》しながら、ゲームを作《つく》ってる。

それだけで精一杯《せいいっぱい》だから、

「今《いま》は会《あ》うな、むやみに連絡《れんらく》するな、って、親父《おやじ》が言《い》うんだ」

だから、パルのことを質問《しつもん》したくても、がまんしているんだって。

きっと輝《てる》は、天《そら》さんの手伝《てつだ》いをしたくて仕方《しかた》がないんだね……。

だから、仲間《なかま》をまきこんで、バグ取《と》り活動《かつどう》、なんてしてるんだ。

『よ〜〜するに、テルルは、天《そら》さんのお手伝《てつだ》いをしたくて、バグを探《さが》してるんでチね』

わっ、チーズ、言《い》っちゃった!

「ばっ……おれはただ、バグなんかあったら、みっともねえと思《おも》って——」

輝《てる》が、顔《かお》を赤《あか》くして、言《い》い訳《わけ》しはじめたそのとき、

「あのおぉー、またまたおじゃまして、大変申《たいへんもう》し訳《わけ》ないんですが」

「!?」

ふり向《む》くと、まん研《けん》の副会長《ふくかいちょう》さんが、後《うし》ろから来《き》ていた。

さらに、まん研《けん》の子《こ》たちがその後《うし》ろに、ずらり。

「ノラモン出《で》たので、また……おねがいしゃーす!!」

「おう！」

ぽんっ、と、輝《てる》に背中《せなか》をたたかれた。

「まかせとけ！　な」

と顔《かお》を見《み》られて、私《わたし》もスマホの後《うし》ろから、うなずいた。

「チーズ、マチャ、ベビー。やるぞ！」

『チッチーィ』『**おうよ**』『バブベ』

輝《てる》が笑《わら》った。

「ファミリーだな」

2人《ふたり》でまた、植物園《しょくぶつえん》のほうへと歩《ある》き出《だ》す。

この日《ひ》は結局《けっきょく》、夕方《ゆうがた》までノラモンとバトルして、家《いえ》に帰《かえ》った。

ノラモンとバトルすると、パルはワイワイさわぐ。まん研《けん》の人《ひと》たちも、盛《も》り上《あ》がる。

だけど……。

ふしぎと、いっしょにいても平気《へいき》だったんだ。

大勢《おおぜい》とさわぐのは苦手《にがて》だけど、それは、だれともいっしょにいられない、ってわけじゃない。

これは、大発見《だいはっけん》。

あと、もう1つ——。

輝《てる》は、私《わたし》がおどおどしてると、すぐにおこる。

でも、勇気《ゆうき》を出《だ》すように、はげましてもくれる。

それに、ベビーとチーズとマチャのことを、とても大切《たいせつ》にしてる。

だから、輝《てる》は、こわいだけじゃなくて……もしかしたら……優《やさ》しい。

これも、大発見《だいはっけん》。

4D×《フォーディーエックス》プロフィール

北道《きたみち》 縁利《ゆかり》

●**誕生日《たんじょうび》**：2月《がつ》22日《にち》（うお座《ざ》）●**家族構成《かぞくこうせい》**：大好《だいす》きなおばあちゃんがいる。
●**好《す》きな食《た》べ物《もの》**：レストラン・ビッグカツのカツカレー ●**好《す》きな教科《きょうか》**：英語《えいご》
●**休日《きゅうじつ》の過《す》ごし方《かた》**：読書《どくしょ》、散歩《さんぽ》、昼寝《ひるね》
●**野菜《やさい》にたとえると**：ししとう
●**みんなに一言《ひとこと》**：何《なに》かおもしろいこと、しませんか？

東崎《あずまざき》 輝《てる》

●**誕生日《たんじょうび》**：7月《がつ》23日《にち》（しし座《ざ》）●**家族構成《かぞくこうせい》**：父《ちち》、兄《あに》
●**好《す》きな食《た》べ物《もの》**：コロッケ ●**好《す》きな教科《きょうか》**：音楽《おんがく》、保健体育《ほけんたいいく》
●**休日《きゅうじつ》の過《す》ごし方《かた》**：マンガ、ゲーム、秘密《ひみつ》の作曲《さっきょく》
●**カフェメニューにたとえると**：フレンチトースト
●**みんなに一言《ひとこと》**：曲作《きょくづく》ってるとか兄貴《あにき》に言《い》うなよ。絶対《ぜったい》、秘密《ひみつ》だぞ！

10 パルのあぶないウラ機《き》能《のう》

月曜日《げつようび》、朝《あさ》。
いつものとおり、ぼっちで登校中《とうこうちゅう》のこと。
駅前《えきまえ》を過《す》ぎて、同《おな》じ学校《がっこう》の生徒《せいと》がまわりに増《ふ》えてきたあたりで、
ポーン、ピポッ、フワーン、ビョーン、パアン、ホワッ、チィーン……。
『チッチーイ』『**ブフッ**』『**かっぱぱー**』
たくさんのパルや、スマホの電子音《でんしおん》が、いっせいに、何《なに》かの受信《じゅしん》を告《つ》げた。
ってことは、きっと、クラスのチャットか、全校《ぜんこう》の連絡用《れんらくよう》メールだ。
「なんだろ、朝《あさ》から」「学校《がっこう》、休《やす》み？」「まさかー」
そこらじゅうの生徒《せいと》が、道《みち》のすみに立《た》ち止《ど》まって、自分《じぶん》のスマホを見《み》てる。
私《わたし》も、そうした。
それは、クラスのチャットに送《おく》られてきたメッセージ……。

今《いま》すぐ、パル消《け》して。

日曜《にちよう》に、うちらが集《あつ》まるの、知《し》ってたのってパルだけだから。

なのに先生《せんせい》、見張《みは》りに来《き》てた。

たまたまとか、ありえないから。

パルは、先生《せんせい》たちのスパイ！！！！

送信者《そうしんしゃ》：レミ

「何《なに》、これ」「スパイだって」「どういうこと？」

まわりから聞《き》こえる声《こえ》に、見回《みまわ》してみる。

立《た》ち止《ど》まってスマホを見《み》てるのは、うちの学年《がくねん》の子《こ》たちだ。

「アネ系《けい》だ」「だね」

「日曜日《にちようび》に遊《あそ》んでたら、先生《せんせい》に会《あ》っちゃったってこと？　それ、パルのせいにしてんの？」

「あり得《え》なくない？」

「スパイ呼《よ》ばわりとか、ひどいよね」

「失礼《しつれい》しちゃうってかんじ」

アネ系《けい》の3人《にん》は、つっぱってる感《かん》じもあって、反発《はんぱつ》してる子《こ》たちもいる。

だからかな……？

メッセージをうたがってる子《こ》が、多《おお》いみたい。

少《すこ》し前《まえ》だったら私《わたし》も、本気《ほんき》にしなかったかもしれない。

でも今《いま》の私《わたし》は、ちがう。

この前《まえ》、縁利《ゆかり》さんといっしょに、アネ系《けい》の3人《にん》と、パルしたことを思《おも》い出《だ》す。

3人《にん》は、パルのこと、本当《ほんとう》に好《す》きだったはず。

だから真剣《しんけん》に考《かんが》えて、このメッセージを送《おく》ったはず。

なのに、パルはスパイ、って……？


朝礼《ちょうれい》の時間《じかん》に、学校放送《がっこうほうそう》が始《はじ》まって、先生《せんせい》が聞《き》けって言《い》った。

日曜日《にちようび》、アネ系《けい》の3人《にん》（ちゃんと本名《ほんみょう》を言《い》っていたけど）が「飲酒《いんしゅ》が疑《うたが》われる行為《こうい》」をしたので、3日間《かかん》の停学《ていがく》になりました……休日《きゅうじつ》もルールを守《まも》って中学生《ちゅうがくせい》らしく過《す》ごしましょう、って。

それまでむだ話《ばなし》していた子《こ》も、だまっちゃって、教室《きょうしつ》はしーんとした。

そのかわり、たくさんの子《こ》がスマホを見《み》だした。
だれかがクラスのチャットに、メッセージを送《おく》ったんだ。

ホントに飲《の》んだの？笑《わらい》

すぐに、教室《きょうしつ》にはいないアネ系《けい》の３人《にん》が、返事《へんじ》をしてきた。
きっと、自宅《じたく》でこのチャット、見《み》てるんだ。

うちら飲《の》んでない！！！
日曜《にちよう》に、高校《こうこう》の男子《だんし》と
自転車《じてんしゃ》で行《い》ってつるんでて
1人《ひとり》、最初《さいしょ》からビール持《も》ってて
お父《とう》さんのお使《つか》いで、とか言《い》ってたのに
そのうち飲《の》もうって言《い》い出《だ》して
公園《こうえん》で開《あ》けようとするから

うちら止《と》めて
ケンカみたいになっちゃって
そしたら先生出《せんせいで》てきて！！！
なんで先生《せんせい》、そこにいたわけ⁉
偶然《ぐうぜん》とかあり得《え》ない
うちら連絡《れんらく》、パルで回《まわ》してたから
パルが先生《せんせい》に教《おし》えたと思《おも》う　絶対《ぜったい》

「ほら、スマホ見《み》てんじゃない！」

クラスじゅうが先生《せんせい》に注意《ちゅうい》されて、チャットは終了《しゅうりょう》。

でも、休《やす》み時間《じかん》にも、こんな会話《かいわ》ばかりが聞《き》こえてきた。

「パル、消《け》さないといけないのかな」

「かもねー。意味《いみ》わかんないけど」

「えっ。だって、消《け》せるの？」

学校《がっこう》のスマホに、自動《じどう》で入《はい》ってるアプリって……。

授業《じゅぎょう》で配《くば》られる、教科書《きょうかしょ》や問題集《もんだいしゅう》みたいなもの。

ふつう、勝手《かって》に消《け》そうだなんて、考《かんが》えもしない。

じゃ、パルのアプリは……？


放課後《ほうかご》になった。

私《わたし》はすぐに、レストラン・ビッグカツに向《む》かう。

正面《しょうめん》のガラスとびらを開《あ》けたとたん、輝《てる》の怒声《どせい》が聞《き》こえた。

「てめ、冗談《じょうだん》じゃねえんだよ！」

カッツのお母《かあ》さんは、困《こま》った顔《かお》をしたまま、カウンターでお茶《ちゃ》を飲《の》んでいる。

「いらっしゃあい。なんか、大変《たいへん》みたいね？」

「おじゃま、します」

私《わたし》は奥《おく》の部屋《へや》に飛《と》び込《こ》んだ。

「じゃあなにか？　ぜってえ、100パーセント、パルのせいだってことかよ」

いつもよりいっそうこわい顔《かお》の、輝《てる》が立《た》っている。

その前《まえ》には、テーブルに手《て》をついているカッツと、いすにすわっている縁利《ゆかり》さん。

希実十《きみと》は、かべにもたれて聞《き》いている。

カッツは、輝《てる》のこわい顔《かお》に、ちっともひるまず、反論《はんろん》する。

「せい、っていうかぁ。あの3人《にん》は、少《すく》なくとも、うそはついてなくない？」

「吹田先生《ふきたせんせい》の住所《じゅうしょ》から、彼《かれ》らが行《い》った公園《こうえん》はだいぶはなれている。それも小《ちい》さな児童公園《じどうこうえん》だ。大人《おとな》がぐうぜん来《く》るというのは、たしかに、あり得《え》ないな」

と言《い》ったのは、希実十《きみと》。

「それに、アネ系《けい》の3人《にん》だって、ただのいたずらでは、あんなメッセージを送《おく》りませんよ。だってあの子《こ》たち、パル大好《だいす》きだもの。ねえ」

と、縁利《ゆかり》さんが見《み》たのは、私《わたし》だった。

私《わたし》は、うなずく。

私《わたし》たちは、5人《にん》でいっしょに、パルと遊《あそ》んだんだ。

輝《てる》だって、あの3人《にん》が私《わたし》からパルのアイテムを受《う》け取《と》って、うれしそうにしてるところ、見《み》たことがあるはず（カツアゲだ、って、言《い》ってたけど）。

「じゃあ」

輝《てる》は、頭《あたま》をかかえて、せまい部屋《へや》を歩《ある》き回《まわ》る。

「パルがスパイするって、どういうことだよ」

そして希実十《きみと》の前《まえ》を通《とお》ったとき、希実十《きみと》が口《くち》を開《ひら》いた。

「パルはアプリだ。どう動《うご》くかは、作者《さくしゃ》が決《き》めたはず」

「んなこと言《い》ったって……パル、作《つく》ったの、兄《あに》貴《き》じゃねえか」

と、輝《てる》は立《た》ち止《ど》まって、希実十《きみと》に言《い》った。

「そのとおり」

「兄貴《あにき》のせいだって、言《い》いたいのかよ」

「いや」

「兄貴《あにき》が先生《せんせい》のスパイなんか、作《つく》るわけねえだろ！」

「そうじゃないっ」

輝《てる》が希実十《きみと》に詰《つ》め寄《よ》ったとき、

「待《ま》って！」

思《おも》わず、声《こえ》を上《あ》げてた。その場《ば》にいるみんな、私《わたし》を見《み》る。

見《み》られてちょっと、ウッ、となった。

あわててスマホを取《と》り出《だ》して、小《ちい》さな声《こえ》でチーズを呼《よ》び出《だ》して、それから……。

「待《ま》て」「ストップ」「待《ま》って」「それだめ！」

輝《てる》と希実十《きみと》、縁利《ゆかり》さんとカッツが同時《どうじ》に、するどく言《い》った。

「……!?」

「パルのアプリは、終了《しゅうりょう》させてから話《はな》してほしい。念《ねん》のためのことだ」

希実十《きみと》が言《い》った。

それは……パルに……聞《き》かれないため？

スパイの疑《うたが》いが……少《すこ》しでも、まだ、あるから？

背《せ》すじが、さあっと、冷《つめ》たくなった気《き》がした。

「……」

パルのアプリを、そっと終了《しゅうりょう》させた。

心細《こころぼそ》くなったらチーズに頼《たよ》るのが、くせになってた。

そばにいて、口《くち》を出《だ》してくれるだけでも、すごく助《たす》かってたんだ。

でも、今《いま》は、それじゃダメなんだ。

一生《いっしょう》ずーっと、チーズといっしょにいるわけには、きっと、いかない。

私《わたし》は、すーっと、息《いき》を吸《す》う。スマホを下《お》ろして、話《はな》し始《はじ》める。

「土曜日《どようび》……」

スマホの裏《うら》の、ピンク色《いろ》のパネルを見《み》ながら、声《こえ》をしぼり出《だ》す。

「思《おも》い出《だ》して」

輝《てる》は、ハッと息《いき》をのむ。

「そうだ……あのときも、吹田《ふきた》が来《き》た」

輝《てる》は、あとの3人《にん》に説明《せつめい》する。

まん研《けん》のパルだけが、大《おお》きなノラモンの出現《しゅつげん》を、あらかじめ知《し》っていたこと。

そのあと、休《やす》みのはずの吹田先生《ふきたせんせい》が現《あらわ》れて、まん研《けん》が持《も》って来《き》ていたまんがを、たっぷり没収《ぼっしゅう》していったこと。

「あっ！」

ぽーんと、カッツが立《た》ち上《あ》がる。

「まん研《けん》のパルにだけ、土曜日《どようび》のノラモンのこと、教《おし》えた人《ひと》がいるのかも？」

「だれだよ」

輝《てる》が、不機嫌《ふきげん》そうに、うなった。

すぐに、

「わかれよ」「先生《せんせい》」「先生《せんせい》」

希実十《きみと》、カッツ、縁利《ゆかり》さん、そして……、

「吹田《ふきた》……先生《せんせい》……」

私《わたし》が、同時《どうじ》に言《い》った。


「!?」

輝《てる》の大《おお》きな目《め》が、さらに大《おお》きく見開《みひら》かれる。

パルが悪《わる》いんじゃない。

パルを通《とお》して、吹田先生《ふきたせんせい》が、何《なに》かをしている……？

「……んなこと……できるのか……？」

輝《てる》がゆっくりと、うなるように言《い》った。

「さあな。それを知《し》っているのは、だれだ？」

希実十《きみと》が言《い》った。

そうだ。パルのアプリを作《つく》ったのは、輝《てる》のお兄《にい》さん——天《そら》さん。

パルのアプリで、だれかが——例《たと》えば先生《せんせい》が——こっそり、パルに何《なに》かを教《おし》えたり、パルが送《おく》るメッセージをのぞいたりすることが、できるなら……。

天《そら》さんが、それを仕組《しく》んだ、ってことになる……？


輝《てる》が、上着《うわぎ》を取《と》って、部屋《へや》のドアに向《む》かう。

「おれ、行《い》くわ」

「どこに⁉」

あわてるみんなに向《む》かって、輝《てる》はふり返《かえ》った。

「兄貴《あにき》んとこ」

いっせいに、希実十《きみと》もカッツも縁利《ゆかり》さんも、動《うご》きだす。

「そうだな」「オレも」「無論《むろん》、私《わたし》も」

私《わたし》も、もちろん——。

行《い》くよ。

「久《ひさ》しぶりだぜ」

輝《てる》は、にっと笑《わら》った。

11 晴《はる》と4人《にん》を待《ま》つメッセージ

天《そら》さんのマンションがある街《まち》まで、電車《でんしゃ》でしばらく行《い》く。

その間《あいだ》、輝《てる》は天《そら》さんについて教《おし》えてくれた。


天《そら》さんは幼《おさな》いころから病弱《びょうじゃく》で、とくに朝《あさ》に具合《ぐあい》が悪《わる》くて、学校《がっこう》に行《い》けない日《ひ》が多《おお》かった。

夕方《ゆうがた》に具合《ぐあい》が良《よ》くなってくると、輝《てる》が遊《あそ》ぶ公園《こうえん》に来《き》て、ベンチにずっとすわってた。

そこでの遊《あそ》び仲間《なかま》が、輝《てる》と希実十《きみと》、カッツに縁利《ゆかり》さんなんだね。

出席日数《しゅっせきにっすう》は少《すく》ないけど成績《せいせき》はすごくいいから、飛《と》び級《きゅう》であっという間《ま》に大学《だいがく》を卒業《そつぎょう》。

そのあと、カナダの大学院《だいがくいん》に行《い》かせてもらったんだけど、そのときに、卒業《そつぎょう》したらお父《とう》さんの会社《かいしゃ》で働《はたら》くっていうのが、条件《じょうけん》だったんだって。

空気《くうき》のいいところの大学院《だいがくいん》で、お兄《にい》さんは、前《まえ》より少《すこ》し元気《げんき》になって……。

「卒業《そつぎょう》して帰《かえ》ってきてからは、あそこに住《す》んでんだ」

って、輝《てる》が指《ゆび》さしたのは、すっごく背《せ》の高《たか》いマンション。駅《えき》からすぐそばの、大《おお》きな川《かわ》のほとりに建《た》っている。

「空気《くうき》のいい部屋《へや》に、コンピュータを何台《なんだい》も入《い》れて、ほとんど家《いえ》で仕事《しごと》ができるようにしてあって、超《ちょう》かっこいいんだけどさ」

輝《てる》の顔《かお》がくもる。

「今年《ことし》の正月《しょうがつ》から、遊《あそ》びに行《い》くな、って、親父《おやじ》が言《い》ってよ」

「テルルのお父《とう》ちゃん、キョーレツなんだよ。天《そら》ちゃんのメアドまで、変《か》えちゃったんだから」

カッツが口《くち》をはさんだ。

メールもダメなの？　兄弟《きょうだい》なのに？

公園《こうえん》の遊《あそ》び仲間《なかま》だったカッツたちとも、いきなり、連絡《れんらく》が取《と》れなくなったって。

かなり強引《ごういん》なお父《とう》さん……。

「兄貴《あにき》は身体《からだ》が弱《よわ》いのに、仕事《しごと》がいそがしいからさ。ちゃんと食《く》ったり、睡眠《すいみん》取《と》ったりするので、精一杯《せいいっぱい》なんだって……親父《おやじ》が言《い》ってさ」

輝《てる》は、ため息《いき》をついた。

「親父《おやじ》がいいって言《い》うまで、おれから会《あ》いに行《い》っちゃダメだってよ」

「テルル、今日《きょう》までよく、がまんしたよね」

「がんばりましたね」

不安《ふあん》そうな輝《てる》を、はげますように、カッツと縁利《ゆかり》さんが言《い》った。

「で、その間《かん》に、天兄《そらにい》が作《つく》っていたのが――」

希実十《きみと》が口《くち》をはさんだ。

「――パルのアプリだった、というわけだ」

それって、って、私《わたし》は思《おも》った。

天《そら》さんに連絡禁止《れんらくきんし》だったのは、パルのこと、秘密《ひみつ》にするためだったのかも?

だって、パルのアプリは、うちの学校《がっこう》の、学習《がくしゅう》スマホに入《い》れるものだったんだから。

たとえ弟《おとうと》でも、できるまでは見《み》せられない、って、あると思《おも》う。

もしかしたら、できたところで輝《てる》をびっくりさせて、喜《よろこ》ばせたかったのかも。

でも……、今《いま》も、まだ秘密《ひみつ》……?

長《なが》い、長《なが》い、エレベーターで、私《わたし》たちは昇《のぼ》る。

エレベーターを降《お》りて、明《あか》るいろうかに出《で》る。

ろうかのいちばん奥《おく》は、ガラスとびらになっていて、外《そと》には青《あお》い空《そら》が見《み》える。

そのすぐ手前《てまえ》が、天《そら》さんの部屋《へや》のドアだった。

いるのかな……。

輝《てる》が、チャイムのボタンを押《お》した。

かすかに、部屋《へや》の中《なか》で明《あか》るい音《おと》が鳴《な》るのが聞《き》こえる。

待《ま》っても、返事《へんじ》はない。

「つ……どうしたんだよ、兄貴《あにき》！　どこ行《い》ってんだ」

と言《い》いながら、輝《てる》は、ドアの横《よこ》にある番号《ばんごう》パネルに、ささっ、と何《なに》かを打《う》ち込《こ》む。

「キーナンバーって、素数《そすう》だったたっけ」

カッツがささやく。

「おや。円周率《えんしゅうりつ》のときもあったのでは？」

「ただし逆《ぎゃく》から」

素数《そすう》って、ええと、数学《すうがく》の時間《じかん》に習《なら》った、ええと、なんかだよね。なんだっけ。

それに、円周率《えんしゅうりつ》とか。そんなふうに、クイズみたいに次々《つぎつぎ》、変《か》えてたの？

天《そら》さんって、いったい……？

プーッ。そっけない音《おと》。

輝《てる》は、かすかに舌打《したう》ち。

「また変《か》えたな。けど……」

さっ、と別《べつ》の番号《ばんごう》を入《い》れた。

ピッ。

小《ちい》さな音《おと》がして、ランプの色《いろ》が変《か》わる。ドアから、かすかに、ガチャンと音《おと》がした。

かぎが開《あ》いたんだ。

「楽勝《らくしょう》」

「なんだった？」

希実十《きみと》がきくのと同時《どうじ》に、輝《てる》はドアを開《ひら》く。

「当然《とうぜん》、おれの誕生日《たんじょうび》。ただし逆《ぎゃく》から」

ふん、と希実十《きみと》が笑《わら》った。

「待《ま》ってたな、天兄《そらにい》」

見《み》える。

玄関《げんかん》から入《はい》ると、そこは広《ひろ》いリビングルーム。

建物《たてもの》の角《かど》にあって、2方向《ほうこう》は大《おお》きな窓《まど》。レースのカーテン越《ご》しに、広《ひろ》い景色《けしき》と青《あお》い空《そら》が透《す》けて見《み》える。

そこに、大《おお》きな白《しろ》い机《つくえ》と、それを囲《かこ》む何台《なんだい》ものモニタがあった。

机《つくえ》の上《うえ》や床《ゆか》には、分厚《ぶあつ》い書類《しょるい》がたくさん。

中《なか》には、見《み》たことのない生《い》き物《もの》——たぶんパルかノラモン——の絵《え》の束《たば》もある。

私《わたし》は、こんなときなのに、思《おも》わずわくわくしてしまう。

「兄貴《あにき》、いつもは分厚《ぶあつ》いほうのカーテンをひいて、部屋《へや》を暗《くら》くしてんだ。そのほうが、仕事《しごと》に集中《ちゅう》できるって。こんなふうに明《あか》るくしてんのは……」

輝《てる》はずんずん、奥《おく》へふみこむ。

「……おれが来《く》るって、わかってるときだけ」

ベッドルームやトイレ、バスルームなども見《み》て回《まわ》る。希実十《きみと》もそれに加《くわ》わる。でも、どこにも、だれもいないみたい。

「天《そら》ちゃん！」「天《そら》さん！」

カッツや縁利《ゆかり》さんは、声《こえ》を上《あ》げて呼《よ》んでみた。返事《へんじ》はない。

レースのカーテンが、ふわっとゆれる。通気《つうき》のために、どこかの窓《まど》が開《あ》いてるのかも。
天《そら》さんは、部屋《へや》を明《あか》るくして、空気《くうき》も通《とお》して……輝《てる》が来《く》るのを待《ま》ってたの？
雨《あめ》や風《かぜ》で、部屋《へや》の中《なか》が荒《あ》れたりはしていない。
つまり、かなりつい最近《さいきん》まで、ここにいた……？
『チッチー！　宝箱《たからばこ》見《み》つけたでチ！』
私《わたし》は、耳《みみ》をうたがった。
「チーズ？」

つづいて、

『おうっ、宝箱発見《たからばこはっけん》』『お兄《にい》ちゃん、宝箱《たからばこ》があるよ』『ムムグイ』『あら見《み》て宝箱《たからばこ》ぉ！』『バブブイー！』

パルたちが――ベビーまで――宝箱《たからばこ》を見《み》つけたとさわぎ出《だ》す。

「どうして」「アプリは終了《しゅうりょう》したはずじゃ……ないのか……？」

そうだよ。

パルのアプリは、きっちり終了《しゅうりょう》させておいたから、パルは勝手《かって》に出《で》てこないはず。

そのはずなのに……？

「兄貴《あにき》!?」

輝《てる》の声《こえ》に、背中《せなか》がぞーっとした。

輝《てる》は、自分《じぶん》のスマホの画面《がめん》を通《とお》して、部屋《へや》のある一カ所《しょ》を、じっと見《み》ていた。

たくさんのパソコン画面《がめん》に囲《かこ》まれた、仕事机《しごとづくえ》の向《む》こう側《がわ》。

だれもいない、いすのあるところ。

私《わたし》も、ほかのみんなも、自分《じぶん》のスマホを持《も》ち上《あ》げて、そっちを画面《がめん》に映《うつ》した。

スマホの画面《がめん》では、パルのアプリが勝手《かって》に起動《きどう》して、カメラモードになってる。

そこに映《うつ》ったいすの上《うえ》には、宝箱《たからばこ》がある。
よくゲームに出《で》てくるような、海賊《かいぞく》がどこかでぬすんできたような、古《ふる》めかしい宝箱《たからばこ》。
そこに、紙《かみ》が貼《は》ってある。
『天才《てんさい》！　天《そら》ちゃんBOX《ボックス》』
「て、てんさい、そらちゃんぼっくす？」
カッツが、声《こえ》に出《だ》して読《よ》んだ。
そのとき、その紙《かみ》が貼《は》ってある宝箱《たからばこ》のふたが、ギギ、ギギギィ……。
と、思《おも》ったら、パッカーン！　ふたが外《はず》れて、中《なか》から男《おとこ》の人《ひと》が飛《と》び出《だ》した。
ほりが深《ふか》くて、目《め》が大《おお》きくて、はっきりした顔立《かおだ》ちは……輝《てる》に、似《に》ていた。
「天《そら》ちゃん、パルのアプリに入《はい》っちゃったの!?」
カッツが、目《め》をキラキラさせてさけんだ。
パルたちはいっせいに、ワイワイ言《い》いながら、天《そら》さんのもとに集《あつ》まった。
天《そら》さんは、パルたちを肩《かた》や頭《あたま》にのせて、にこっと笑《わら》った。
『輝《てる》。しばらく会《あ》えなくて、悪《わる》かったね』
みんなのスマホのスピーカーから、優《やさ》しそうな男《おとこ》の人《ひと》の声《こえ》がひびいた。

「兄貴《あにき》」

輝《てる》が、すこしうれしそうに返事《へんじ》した。

これが、天《そら》さん……。

『キミトン、カッツ、ユカリン、久《ひさ》しぶり。元気《げんき》だった？』

「元気《げんき》だよお！」

こんどは、カッツが返事《へんじ》する。カッツも、天《そら》さんと話《はな》せてうれしそう。

『輝《てる》、彼女《かのじょ》できた？　できてないよね』

「ほっとけよ」

『でも、マチャには、パートナーができたんだね。4DX《フォーディーエックス》にも、新《あたら》しい仲間《なかま》ができた？』

天《そら》さんが、こっちに向《む》かって、ひらひら手《て》をふった。

はっ、初《はじ》めまして。

私《わたし》は思《おも》わず、ちょっと頭《あたま》をさげる。

「知《し》ってんのか⁉　マチャのこと」

『この部屋《へや》では、パルに関《かん》する、あらゆるデータが見《み》られるからね』

ちゃんと、会話《かいわ》がすすんでいく。

この天《そら》さんはアプリの画面《がめん》の中《なか》にいるけど、私《わたし》たちのことが見《み》えていて、声《こえ》が聞《き》こえてる。

そっか……、きっと、パルなんだ。

天《そら》さんはたぶん、自分《じぶん》のかわりのパルを作《つく》って、ここに残《のこ》していったんだ。

『ぼくは、君《きみ》たちのパルの成長《せいちょう》と、パル同士《どうし》の交流《こうりゅう》を、ここから見守《みまも》っていた。

……見《み》ようと思《おも》えば、もっと見《み》られる。

さっきみたいに、パルのアプリを起動《きどう》させたりもできるんだ』

4DX《フォーディーエックス》の4人《にん》は、それぞれ感心《かんしん》して声《こえ》を上《あ》げる。

天《そら》さんの前《まえ》では、素直《すなお》になるみたい。

みんなが、天《そら》さんの弟《おとうと》みたい。

『だから、ここには、ぼく以外《いがい》のだれも入《い》れちゃいけないと思《おも》った。

だれかにさわらせてはいけないし、見《み》られてもいけない。

たとえ弟《おとうと》でも、ね。

しばらくの間《あいだ》、輝《てる》には会《あ》えなくなるけど、がまんしよう、って。

それくらい、ぼくは、パルのことが大好《だいす》きだった。

輝《てる》や、みんなが喜《よろこ》んで遊《あそ》んでくれるのを、すごく楽《たの》しみにしてたんだ』

うわあっ……。パルを、そんなにがんばって、作《つく》ってくれていたなんて！

『でもね。輝《てる》たちに会《あ》うのをがまんしていた意味《いみ》は、なかったのかも。

パルのデータを見《み》たり、パルにデータを送《おく》ったりするツールを——パソコンで動《うご》くアプリを
——父《とう》さんが、他《ほか》の人《ひと》に作《つく》らせていたから』

「親父《おやじ》が⁉」

輝《てる》の表情《ひょうじょう》が険《けわ》しくなる。

輝《てる》と天《そら》さんのお父《とう》さんって、つまり、パルを作《つく》っている会社《かいしゃ》の、社長《しゃちょう》さんだよね？

『そのツールは今《いま》、きみたちの学校《がっこう》にあるよ。

今日《きょう》は、そのことで、ぼくに会《あ》いに来《き》たんじゃないのかな？』

「‼」

5人《にん》で、ハッとして顔《かお》を見合《みあ》わせた。

いろんなことが、ひとつにつながってきている……！

『パルのアプリは、きみたちの学校《がっこう》で、テストされている。

すでに今日《きょう》、学校《がっこう》は、3人《にん》の生徒《せいと》を停学《ていがく》に追《お》い込《こ》んだね？

あれは、パルがやりとりしたメッセージをぬすみ見《み》て、生徒《せいと》たちが会《あ》う日時《にちじ》を知《し》り、見張《みは》って

いたんだ。もとから、校則違反《こうそくいはん》が多《おお》い生徒《せいと》グループだったから』

パルを使《つか》って、問題《もんだい》が多《おお》い生徒《せいと》を、監視《かんし》してた……？

『数日前《すうじつまえ》には、まんが研究会《けんきゅうかい》が持《も》ち込《こ》んでいたまんがを、没収《ぼっしゅう》したね。

あれは、特別《とくべつ》なノラモンが出《で》るという情報《じょうほう》を、まんが研究会《けんきゅうかい》にだけ流《なが》したんだ。

そうすれば、彼《かれ》らはぜったいに、まんがを持《も》ってそこに集《あつ》まる。

先生《せんせい》はそれを没収《ぼっしゅう》して、教員会議《きょういんかいぎ》で報告《ほうこく》すれば、拍手《はくしゅ》がもらえる。

風紀担当《ふうきたんとう》の先生《せんせい》として、熱心《ねっしん》に成果《せいか》を上《あ》げているって、評価《ひょうか》されるわけだ』

天《そら》さんの語気《ごき》は、だんだん、荒《あら》くなっていく。

『ぼくは、パルをそんなことに使《つか》ってほしくはなかったよ！』

天《そら》さんは、フラリとして、いすにすわった。

大《おお》きく息《いき》をついてから、また静《しず》かに話《はな》し出《だ》す。

『父《とう》さんは、この機能《きのう》を持《も》ったパルのアプリを、たくさんの学校《がっこう》に売《う》りたいんだね。

生徒《せいと》を見守《みまも》るため、危険《きけん》から守《まも》るため——。

そんな言葉《ことば》でくるんで、生徒《せいと》のパルや、スマホそのもののデータをのぞいたり、操作《そうさ》したりできる機能《きのう》を、売《う》ろうとしてる』

「他《ほか》の学校《がっこう》にも、売《う》るの⁉」

カッツは、口《くち》をあんぐり開《あ》けた。

『もしも、君《きみ》たちがそれを知《し》っていて、ここに来《き》たのなら。

もしも、本気《ほんき》で、パルを大人《おとな》たちから取《と》り返《かえ》したいと思《おも》うなら。

もしも、パルとぼくを、心《こころ》から信《しん》じてくれるのなら――、
やってほしいことがある』

「やるよ」

輝《てる》は真剣《しんけん》な目《め》で、天《そら》さんを見《み》つめている。

スマホを通《とお》しているけど、その場《ば》にいると信《しん》じているような、熱《ねつ》のこもった視線《しせん》だった。

『明日《あした》、発生《はっせい》する、特別《とくべつ》イベントに参加《さんか》してほしい。

それをクリアすれば、パルのスパイ機能《きのう》は消《き》える。

何《なに》があっても……何《なに》を言《い》われても、パルとぼくを信《しん》じてくれるなら――。

――きっと、このイベントは、成功《せいこう》する』

「イベント……？」

思《おも》わずつぶやいた私《わたし》に、

「パルのアプリで明日《あした》、特別《とくべつ》なことが起《お》こるよう、あらかじめ仕組《しく》まれているということだ」

と、希実十《きみと》が教《おし》えてくれた。

特別《とくべつ》な出来事《できごと》って、なんだろう。また、特別《とくべつ》なノラモンが出《で》たりするのかな。

『このイベントがあることは、学校側《がっこうがわ》には絶対《ぜったい》に秘密《ひみつ》だ。

だけどできるだけ、多《おお》くの参加者《さんかしゃ》を集《あつ》めてほしい。

アプリを通《とお》して呼《よ》びかけられればよかったんだけど、この部屋《へや》で送受信《そうじゅしん》するメールやメッセージは、すべて監視《かんし》されている。

だから、こうしてここで会《あ》って、伝《つた》えるしかなかった。

みんな、来《き》てくれて、本当《ほんとう》にうれしい』

「兄貴《あにき》……ホントはどこにいるんだよ」

輝《てる》が、呆《あき》れ顔《がお》できいた。

『ハハハ、心配《しんぱい》しないで。本物《ほんもの》のぼくは、ひみつの場所《ばしょ》で休養中《きゅうようちゅう》さ。

電話《でんわ》の電波《でんぱ》も届《とど》かないようなところで、ね。

正直《しょうじき》、このことで、心《こころ》も身体《からだ》も弱《よわ》り果《は》ててしまってね……ゴホ、ゴホ、ゴホ。

元気《げんき》になったら、帰《かえ》ってくるから』

「本当《ほんとう》か？　大丈夫《だいじょうぶ》なのか、兄貴《あにき》！」

「天兄《そらにい》は大丈夫《だいじょうぶ》だ、輝《てる》。それよりも、何《なに》をするべきか考《かんが》えろ」

希実十《きみと》は、輝《てる》の肩《かた》を軽《かる》くたたいた。

「ここまで知《し》ってしまったら……引《ひ》き返《かえ》せませんよね」

「イベント、参加《さんか》しよっ！」

縁利《ゆかり》さんとカッツが、輝《てる》に向《む》かって言《い》った。

たのもしい笑顔《えがお》。

私《わたし》も、力《ちから》いっぱい、うなずいた。

「おまえら……！」

輝《てる》は、４人《にん》の顔《かお》を見《み》る。

『それじゃ、みんな、たのんだよ。ここで話《はな》したことは、パルたちの記憶《きおく》からは、消《け》しておくからね。ああ、それと、輝《てる》？』

天《そら》さんの姿《すがた》が、こわれたテレビみたいに、モザイクになったり、ボケたりし始《はじ》めた。

『魚《さかな》が空《そら》を飛《と》んだり、キノコが水《みず》を泳《およ》いだりしてたのは、バグじゃないからね～。ぼくのしゅみさ。**お・つ・か・れ・さ・ま！**』

ブシューッ……。

天《そら》さんの姿《すがた》は、宝箱《たからばこ》からのけむりにつつまれ、消《き》えた。

パルたちと、宝箱《たからばこ》も、すっと消《き》えてしまった。

12 輝《てる》と晴《はる》とあの黒歴史《くろれきし》

帰《かえ》りの電車《でんしゃ》では、みんな考《かんが》え事《ごと》をしているみたいで、静《しず》かだった。

私《わたし》はママにメールして、夕飯《ゆうはん》を友《とも》だちと食《た》べていってもいいか、きいた。

ママから返事《へんじ》はすぐに来《き》た。「わかった、いいよ。もろもろ、よろしく！」と、ちょっと意味《いみ》不明《ふめい》だったけど、こういうときはたいてい仕事《しごと》がいそがしいんだ。問題《もんだい》ないと思《おも》う。

レストラン・ビッグカツにもどって、5人《にん》でカツカレーを食《た》べた。

食《た》べながら、明日《あした》のことを相談《そうだん》した。

どうしたら、できるだけ多《おお》くの生徒《せいと》に、イベントに参加《さんか》してもらえるかな、って。

縁利《ゆかり》さんは、ついに私《わたし》がカツカレーを食《た》べたことに感激《かんげき》していて、

「おいしいですか？　おいしいでしょう⁉」

と、何度《なんど》もきかれた。そのたびに、うんうんうん、とうなずいた。

本当《ほんとう》に、おいしかった。希実十《きみと》の小《ち》さな妹《いもうと》が2人《ふたり》やってきて、いっしょにカレーを食《た》べて、

近《ちか》くで遊《あそ》んでたりして、にぎやかだった。
真剣《しんけん》だったけど、楽《たの》しかったんだ。
パルの危機《きき》だし、こんなときに楽《たの》しいなんて、変《へん》だけど……。
パルのために、何《なに》かやってやろう、って、4DX《フォーディーエックス》も、私《わたし》も、思《おも》ってた。
天《そら》さんがどこかから、にこにこ見守《みまも》ってくれているような気《き》も、してたんだ。
私《わたし》はほとんどしゃべれなかったけど。
いて、よかったと思《おも》う。

あっという間《ま》に、時間《じかん》が過《す》ぎて……。
あわててひとりでお店《みせ》を出《で》たときには、もう、辺《あた》りはすっかり暗《くら》くなってた。
ちょっと歩《ある》いたら、後《うし》ろから、足音《あしおと》が追《お》ってきた。
輝《てる》だった。
私《わたし》に追《お》いつくと、だまって横《よこ》を歩《ある》きだす。
見《み》ると、
「送《おく》る」

とだけ言《い》った。

え〜〜いいよ。すぐ近《ちか》くだし。大丈夫《だいじょうぶ》——

——とは、言《い》い出《だ》せなくて……。

「バグじゃなかったな、あれ……空飛《そらと》ぶサンマとか、泳《およ》ぐキノコとか」

輝《てる》はいきなり言《い》った。

「おまえが言《い》ってたことが、合《あ》ってたんだ」

私《わたし》は、なんだか恥《は》ずかしくて、前《まえ》を見《み》て歩《ある》く。

横《よこ》では輝《てる》が、ひとりでしゃべる。

「結局《けっきょく》はさ。もしかしたら、おまえがいちばん、パルのこととか……兄貴《あにき》のこととか、わかってたかもな」

そんなわけないよ。

私《わたし》は、天《そら》さんには、まだ直接会《ちょくせつあ》ったことだってない。

ただ、パルが大好《だいす》きだっただけ。

「……パル、かわいいよな」

「……」

「パルがかわいいのはさ、つまり……兄貴《あにき》がかわいいからだと思《おも》わねえ？」

「!?」

な、なに、突然《とつぜん》。

「兄貴《あにき》の思考回路《しこうかいろ》が、パルを作《つく》ってんだから、パルの思考回路《しこうかいろ》は、兄貴《あにき》の思考回路《しこうかいろ》だろ」

そ、そう？　かな？

ここは、否定《ひてい》してはいけないような気《き》がする！

だ、だね、きっと。うん。うなずく。

「やっぱ？　だよなー」

輝《てる》は、安心《あんしん》したみたいに、笑《わら》った。

お兄《にい》さんの話《はなし》がしたかったのか……。

じゃ、じゃあ、これで。

私《わたし》は、立《た》ち止《ど》まって、輝《てる》に手《て》をふってみる。

2人《ふたり》で歩《ある》くのは、ドキドキして、正直《しょうじき》しんどい。

カッツや縁利《ゆかり》さん、希実十《きみと》とは、輝《てる》はどこか、ちがうんだもの。

「あ～～～ちがう。こんなこと言《い》いたいんじゃねえ」

「!?」

輝《てる》は、頭《あたま》を抱《かか》えて、ぐるっと回《まわ》った。

「あのさ。おれ、おまえのこと知《し》ってた」

……えっ。

「図書館裏《としょかんうら》で会《あ》った日《ひ》の、ずっと前《まえ》から」

ええと、うすい系《けい》の、私《わたし》のことを?

「……写真《しゃしん》で」

写真《しゃしん》で?

「工場見学《こうじょうけんがく》のあと、写真《しゃしん》、チャットに流《なが》してただろ」

あっ……。

思《おも》い出《だ》してしまった。

忘《わす》れようとして、本当《ほんとう》に、ほとんど忘《わす》れてたこと!

一学期《がっき》に、課外授業《かがいじゅぎょう》で、ジュース工場《こうじょう》に見学《けんがく》に行《い》ったんだ。

そのとき集合写真《しゅうごうしゃしん》を撮《と》った子《こ》が、スマホで、クラス全員《ぜんいん》にそれを送《おく》った。

それをきっかけに、クラスのチャットで、写真《しゃしん》の交換会《こうかんかい》みたいになった。

私《わたし》はうれしくなっちゃって、私《わたし》からも、たくさん写真《しゃしん》を送《おく》った。

工場《こうじょう》の中《なか》とか、通《とお》った道《みち》とか、のった電車《でんしゃ》とか……。

そしたら「多過《おおす》ぎ」とか言《い》われちゃって。

勝手《かって》に夢中《むちゅう》になったのが、すごくはずかしかった……っ！

そう……いわゆる、忘《わす》れたい過去《かこ》――黒歴史《くろれきし》――ってやつですよ……。

「図書館裏《としょかんうら》で、おまえのスマホの写真《しゃしん》、見《み》たとき……」

うっ。

「思《おも》い出《だ》したんだ。あー、あれが、きっとこの子《こ》だ、って」

がーん!!

「やっぱ、すげえな、って思《おも》って」

……う？　すごい……？　うざい、とか、ばかだな、とかじゃなくて？

「兄貴《あにき》だったら、こういう世界《せかい》を考《かんが》えるよな、っていうのが、ばっちり撮《と》れてたから」

……天《そら》さんが、考《かんが》えるような、世界《せかい》？

「工場《こうじょう》の写真《しゃしん》も、パルの写真《しゃしん》も、なんていうか……すげえ、かっこいい」

「……！」

かっ、かっ、かっこいい⁉

写真《しゃしん》が⁉

す、すごくうれしい！

「最初《さいしょ》、写真消《しゃしんけ》すとか、パル消《け》すとか言《い》ったのは……正直《しょうじき》、くやしかったからさ」

……くやしい……？

「兄貴《あにき》がパルでやりたいこと、よくわかってるから、あんな写真《しゃしん》が撮《と》れるんだ」

……そっか。

輝《てる》が大好《だいす》きな、天《そら》さんが作《つく》る世界《せかい》。

それを、私《わたし》が写真《しゃしん》に撮《と》ってるんだ。

ていうか……もし、ちゃんとそう撮《と》れてるなら、すっごくうれしい。

いろんな方向《ほうこう》を見《み》ながら、話《はな》していた輝《てる》だけど、

「おまえ、うすい系《けい》とか言《い》われてるみたいだけどな……存在《そんざい》うすくなんかねえから」

と、急《きゅう》に、私《わたし》の目《め》を見《み》た。

どきっ……。

「ちょい地味《じみ》で、キャラうすく見《み》えるけど、本当《ほんとう》は濃《こ》い。特別《とくべつ》だ」

えっ。えっ。

「4DX《フォーディーエックス》は、キラキラ系《けい》とか言《い》われて……ほんとにキラキラしてるなら、なんか、そのぶん、やらなきゃいけないことがあるんだと思《おも》う」

それは、きっと、きっと……。

……きっと、明日《あした》のことだ。

そう思《おも》ったとたん、輝《てる》が、ぷっ、って笑《わら》った。

「おまえって、だまってるけど、目《め》とかでめっちゃ、返事《へんじ》してるよな」

そっ、そんな……！

ひそかに返事《へんじ》してるんだから、見《み》ないでよ！

困《こま》る。ドキドキする。

「おれらはきっと、ぜんぜんちがう。けど、おれらのパルは、ファミリーになれた」

輝《てる》は、さっと手《て》を出《だ》した。

「おれらも、明日《あした》はいっしょに、がんばるんだ」

私《わたし》は、その手《て》をにぎり返《かえ》して、

「……うん。がんばっ」

気持《きも》ちを、声《こえ》に出《だ》してみた。

ニッ、と笑《わら》って、輝《てる》はうなずいた。

そしてひとり、商店街《しょうてんがい》へともどっていった。

13 走《はし》れ！ みんなの特別《とくべつ》イベント

翌日《よくじつ》、火曜日《かようび》の授業中《じゅぎょうちゅう》。
希実十《きみと》と私《わたし》は手分《てわ》けして、小《ちい》さな紙《かみ》に書《か》いた手紙《てがみ》を回《まわ》した。

放課後《ほうかご》、図書館《としょかん》の裏庭《うらにわ》に、できるだけ大勢《おおぜい》で来《き》てください。
4DX《フォーディーエックス》が、ステージからみんなを盛《も》り上《あ》げるよ！
先生《せんせい》にも、パルにも、絶対《ぜったい》に秘密《ひみつ》でお願《ねが》いします！！
！！4DX《フォーディーエックス》からお願《ねが》いです。パルには言《い》わないで！！

となりのクラスには輝《てる》が、1年生《ねんせい》にはカッツが、3年生《ねんせい》には縁利《ゆかり》さんが、同《おな》じ手紙《てがみ》を回《まわ》しているはず。1日《にち》あれば、きっと全員《ぜんいん》に伝《つた》わると思《おも》う。
今《いま》、うちの学校《がっこう》では、みんなに知《し》らせたいことがあると、クラスのチャットルームに書《か》き込《こ》むのがふつう。でも、スマホで送《おく》ると、もしかしたらパルにも内容《ないよう》を知《し》られてしまうかも——データを見《み》られてしまうかも、って話《はな》し合《あ》って、手紙《てがみ》を回《まわ》すことに決《き》めたんだ。

万《まん》が一《いち》、手紙《てがみ》を先生《せんせい》に見《み》られてしまったとしても、ただのライブのお知《し》らせに見《み》えるはず。

さて、どれくらいの人《ひと》が、来《き》てくれるかな……。


放課後《ほうかご》、最初《さいしょ》、ものすごい数《かず》の人《ひと》が、図書館《としょかん》の裏庭《うらにわ》に集《あつ》まってた。

ふだんはだれもいない場所《ばしょ》なのに、もしかしたら、100人《にん》くらいいたかもしれない。

輝《てる》がカラオケマイクをつかんで、さっそうと前《まえ》に出《で》た。

「聞《き》いてくれ！　今日《きょう》、これからパルのイベントがある。参加《さんか》していかないか!?」

「いっしょにやりましょ～」「お願《ねが》いします」「ねえ、みんな待《ま》ってよー！」

縁利《ゆかり》さん、希実十《きみと》、カッツも、それぞれ呼《よ》びかける。

あ、あれ？

生徒《せいと》たち、どんどん、帰《かえ》っていく。

「なーんだ、ライブじゃなくて、宣伝《せんでん》じゃん」

冷《さ》めた声《こえ》が聞《き》こえた。

「ちっげーよ、宣伝《せんでん》じゃねえって。ちょっ……聞《き》けよー！」

帰《かえ》る人《ひと》たちの背中《せなか》に呼《よ》びかけても、だれも止《と》まらない。

「パルのこと、言《い》い訳《わけ》するのかと思《おも》って来《き》たのに」

「パルって、スパイなんでしょ？」

「今《いま》さらイベントとか言《い》われてもね」

パルのアプリは、輝《てる》のお父《とう》さんの会社《かいしゃ》が作《つく》ってる、って、知《し》られているから。

だから、パルのことを話《はな》そうとすると、言《い》い訳《わけ》か、宣伝《せんでん》だと思《おも》われちゃうんだ。

輝《てる》じゃだめだ。輝《てる》の仲間《なかま》の、4DX《フォーディーエックス》が話《はな》してもだめなんだ。

私《わたし》は、人《ひと》の間《あいだ》をすり抜《ぬ》けていき、輝《てる》のカラオケマイクをうばい取《と》る。

「おいっ」

輝《てる》がびっくりしてる。

すうっ……と、息《いき》を吸《す》う。

そして、帰《かえ》ろうとする生徒《せいと》たちに向《む》けて、

「**お願《ねが》いですっ……！**」

声《こえ》をかけた。

何人《なんにん》か、こっちをふり返《かえ》った。

「あっ……」

言葉《ことば》が、途切《とぎ》れた。

ふり返《かえ》った人《ひと》も、また、向《む》こうを向《む》いてしまう。

「パ、パルを……助《たす》けたい人《ひと》っ！」

どう続《つづ》けたらいいの⁉

「うすい系《けい》⁉」「しゃべってる……」

おどろき呆《あき》れる声《こえ》がする。

ふだん、しゃべらない私《わたし》が、しゃべってるからだ。

「だれ？」

関心《かんしん》なさそうな声《こえ》もする。

私《わたし》のことなんか、知《し》らない人《ひと》のほうが、もっともっと、たくさんいる。

やっぱり、私《わたし》の声《こえ》じゃ、だれにもとどかないよね。

みんなとちがって、存在感《そんざいかん》うすすぎだし、キラキラさが少《すこ》しもないし……。

そのとき、キュッ、と、だれかに手《て》をにぎられた。

「!?」

見《み》たら、カッツがとなりに立《た》ってた。

「守《まも》るって、言《い》ったよね」

見《み》たことがないような、真剣《しんけん》な目《め》をしてた。

「考《かんが》えすぎるな。君《きみ》は話《はな》せる」

私《わたし》の後《うし》ろには、希実十《きみと》が立《た》っていた。

「目《め》の前《まえ》にスマホがあって、チーズがいる、って、想像《そうぞう》してください」

反対側《はんたいがわ》のとなりには、縁利《ゆかり》さんが。

そして、

「みんな聞《き》いてくれ！」

輝《てる》が前《まえ》に出《で》て、マイクなしで、大声《おおごえ》を上《あ》げていた。

「こいつは、最強《さいきょう》のパルを持《も》ってる、おれらのパルの先生《せんせい》だ！　だれよりもパルのことを、よく知《し》ってる。今《いま》から今日《きょう》のイベントについて話《はな》すぜ！」

そっ、それは、ハードル上《あ》げてると思《おも》いますけど!?

数人《すうにん》が立《た》ち止《ど》まった。

さっきふり向《む》いてくれた人数《にんずう》よりも、ずっと多《おお》い。

やっぱり、輝《てる》の力《ちから》はすごい……。

私《わたし》は、もう一度《いちど》、マイクをにぎりしめた。

深《ふか》く、息《いき》を吸《す》う。

勇気《ゆうき》を出《だ》すんだ！

「パルが、スパイかも、って、みんな聞《き》いたと、思《おも》います」

正直《しょうじき》に、思《おも》ってることを話《はな》そう。

「私《わたし》も、昨日《きのう》聞《き》いて、驚《おどろ》きました」

ここに集《あつ》まったのは、きっと、パルが好《す》きな人《ひと》たちだから。

「パルを作《つく》った人《ひと》も、こんなふうになってしまって、困《こま》っています」

天《そら》さんが、4DX《フォーディーエックス》を、つなげたように。

人《ひと》とちがうから、それをかくすんじゃなくて……。

「その人《ひと》が作《つく》ってくれた、パルからスパイの機能《きのう》を消《け》すイベントが、あります」

人《ひと》とちがうから、何《なに》か、できることがある。

それぞれ性格《せいかく》がちがっていても――何系《なにけい》でも――やれること、あるよね？

「パルのアプリ……いっしょに、直《なお》しませんか」

だから、今日《きょう》は、いっしょにやろうよ！

「なにそれ」「なんでゲーム直《なお》すのに、ゲームやるの？」「意味《いみ》わかんない」

と、人《ひと》が減《へ》っていく、その中《なか》に……。

立《た》ち止《ど》まって、残《のこ》ってくれる人《ひと》たちが、いた。

「先日《せんじつ》のノラモンバトルでは、大変《たいへん》お世話《せわ》になりました」

「ノラモン6匹分《ぴきぶん》の経験値《けいけんち》のお礼《れい》だと思《おも》ってイベント参加《さんか》するわ。アニメ同好会《どうこうかい》にも声《こえ》かけたからうちと合《あ》わせてメンバー22人追加《にんついか》よろしく」

と、近寄《ちかよ》ってきてくれたのは、まんが研究会《けんきゅうかい》の副会長《ふくかいちょう》さんと、会長《かいちょう》さん！

「……ありがとう……よろしく!!」

そのとき私《わたし》の背中《せなか》を、とんとんとん、と、だれかがたたいた。

アネ系《けい》の3人《にん》、レミ・マミ・トモちゃんだ！

3人《にん》とも、私服《しふく》。停学中《ていがくちゅう》だからだよね。

「来《き》てくれたんだ……」

学校《がっこう》に来《き》たのがバレたら、まずいんじゃないかな？

「様子《ようす》を見《み》に来《き》たら、こんなことになってて、びっくりしたけど」

レミちゃんが笑《わら》った。

「うちらのメッセージ、信《しん》じてくれて、ありがと」

3人《にん》のメッセージ。

パルがスパイかもしれない、ってこと。

「こっちこそ……ありがと」

「うちらも、晴《はる》っちのこと、信《しん》じる」

「イベントやれば、パルが助《たす》かるんだよね」

「スパイの機能《きのう》、消《け》せるんだね！」

3人《にん》と、がっちり、握手《あくしゅ》を交《か》わした。

「すごいね。みんな晴先輩《はるせんぱい》の仲間《なかま》だ」

カッツが言《い》った。

「仲間《なかま》……」

さっきは、4DX《フォーディーエックス》を見《み》に来《き》てくれた人《ひと》たちが、どんどん帰《かえ》っていって、少《すく》なくなって、さみしかった。でも、残《のこ》っているこの人《ひと》たち、ひとりひとりが、仲間《なかま》だと思《おも》うと……。

ぜいたくすぎ！

「うん。最高《さいこう》っ」

心《こころ》から、そう思《おも》った。

「おおつし、おまえら、やるぞ！」

輝《てる》がさけんだ。

おおっ、と、みんなも声《こえ》を上《あ》げ、スマホを取《と》り出《だ》す。

それぞれの持《も》ち方《かた》でスマホをにぎり、パルのアプリを起動《きどう》した。

ふだんは静《しず》かな図書館《としょかん》の裏庭《うらにわ》に、いろんなパルのあいさつの声《こえ》が、あふれかえった。

14 さよなら晴《はる》の思《おも》い出《で》アプリ

『チッチーツ、ノラモン見《み》つけた！』

チーズは、画面《がめん》の奥《おく》へぎゅーんと入《はい》ると、左方向《ひだりほうこう》へ消《き》えた。

『おうっ、ノラモン、待《ま》てよ！』『ブババ！』

マチャ、ベビー、そしてほかのパルたちも、ノラモンを見《み》つけ、チーズの後《あと》に続《つづ》いて飛《と》んでいく。

ミツバチの群《む》れみたい。

「あっちだ！」

みんな、自分《じぶん》の画面《がめん》でパルを追《お》いながら、走《はし》り出《だ》す。

「スマホをしまえ！」「見《み》ながら走《はし》んじゃねえ！」「転《ころ》ばないでね！」「気《き》をつけて〜」

希実十《きみと》を先頭《せんとう》に、４ＤＸ《フォーディーエックス》の４人《にん》が、参加者《さんかしゃ》たちを気《き》づかってさけぶ。

図書館《としょかん》の表《おもて》に出《で》て、植《う》え込《こ》みの間《あいだ》を通《とお》り抜《ぬ》け、職員用駐車場《しょくいんようちゅうしゃじょう》を見下《みお》ろす小道《こみち》へ。

駐車場《ちゅうしゃじょう》は、スマホのカメラを通《とお》すと、小《ちい》さな湖《みずうみ》に見《み》える。
先週《せんしゅう》、5人《にん》で「つり」をしたベンチの周《まわ》りに、今日《きょう》はもっと大勢《おおぜい》、集《あつ》まった。
チーズとマチャとベビー、ほかのパルたちも、水《みず》の上《うえ》を飛《と》び回《まわ》ってる。
ブシュー！
そのはるか向《む》こうの水平線《すいへいせん》に、水柱《みずばしら》が上《あ》がる。
そこに現《あらわ》れた灰色《はいいろ》のかげが、どんどんこちらに近《ちか》づいてくる。
どんどん……どんどん……大《おお》きくなって……。
それは、巨大《きょだい》なカギの形《かたち》をした、ノラモンだった！
『キィ――――イイ！』
「出《で》たぁ……！」
カッツがつぶやいた。
カギのノラモンは、私《わたし》たちの前《まえ》で、ザブンとしぶきを立《た》てて飛《と》び去《さ》る。
『チッチチチ！』『行《い》くぜぇ』『バブンバッ』
パルたちはいっせいに後《あと》を追《お》いかけた。
私《わたし》たちも、その方向《ほうこう》を見定《みさだ》めてから、走《はし》り出《だ》す。

たまたま近《ちか》くにいた生徒《せいと》たちも加《くわ》わって、40人近《にんちか》くのグループになってた。
こんなに大勢《おおぜい》とパルしてる……信《しん》じられない。
でも、心《こころ》の奥《おく》では、わくわくしてる。
ノラモンを追《お》いかけて、小道《こみち》を走《はし》り抜《ぬ》ける。
バスケコートを回《まわ》り、グラウンドを横切《よこぎ》って校舎《こうしゃ》に飛《と》び込《こ》む。
たどり着《つ》いたのは、校舎本館《こうしゃほんかん》1階中央《かいちゅうおう》——。
——校長室前《こうちょうしつまえ》だった。

ろうかに大勢《おおぜい》の生徒《せいと》がいるから、先生《せんせい》たちはぎょっとして見《み》てる。
でも、静《しず》かだった。私《わたし》たちはみんな、立《た》ち止《ど》まってスマホをかまえてた。
ノラモンが、大《おお》きなドアをすり抜《ぬ》けて、校長室《こうちょうしつ》の中《なか》に入《はい》っていく……。

【特別《とくべつ》イベント　DELETE KEY《デリートキー》を　始《はじ》めるかい？　YES《イエス》　NO《ノー》】

「えっ……」

突然《とつぜん》の表示《ひょうじ》に驚《おどろ》いて、見回《みまわ》す。ほかのみんなの画面《がめん》にも、同《おな》じ表示《ひょうじ》が出《で》てる。

「始《はじ》めるかい？　って」

きっと、天《そら》さんからの問《と》いかけだよ！

輝《てる》の目《め》は、キラキラかがやいていた。お兄《にい》さんに新《あたら》しいゲームをいどまれた、弟《おとうと》の顔《かお》だった。

「YES《イエス》に決《き》まってんだろ！」

輝《てる》の声《こえ》を合図《あいず》にして、「イエス！」「はーい」「やるよ」と、みんな次々《つぎつぎ》、画面《がめん》の【YES《イエス》】を押《お》す。私《わたし》も……！

『始《はじ》めるでチーィ！』

チーズが校長室《こうちょうしつ》のドアの前《まえ》に飛《と》んでいく。パルがどんどん、そこに集《あつ》まる。

パルたちは、ドアをノックしはじめた。ポンポン、パタパタ。

ドアを開《あ》けて中《なか》に入《はい》れ、って、パルたちが教《おし》えてくれてる……？

希実十《きみと》が進《すす》み出《で》て、右手《みぎて》を軽《かる》くにぎったまま、上《あ》げた。

「いいか？」

の問《と》いかけに、

「いいぜ」

と、輝《てる》が答《こた》えた。

希実十《きみと》はうなずいて、その右手《みぎて》で、校長室《こうちょうしつ》のドアをノックする。

トントン……。

すぐに先生《せんせい》が顔《かお》を出《だ》した。吹田先生《ふきたせんせい》だ。前《まえ》にいる希実十《きみと》を見《み》て、

「ああ、ちょっと今《いま》、会議中《かいぎちゅう》だから」

と言《い》ってから、周《まわ》りにいる私《わたし》たちに気《き》がついて、目《め》を丸《まる》くする。

「なんだ、大勢《おおぜい》で――」

その瞬間《しゅんかん》、パルがいっせいに、ドアをすり抜《ぬ》けて中《なか》に飛《と》び込《こ》み始《はじ》めた。

同時《どうじ》に、輝《てる》とカッツがドアをつかんで、力《ちから》ずくで押《お》し開《あ》ける。前《まえ》のほうにいる私《わたし》たちも、力《ちから》を合《あ》わせた。

大《おお》きく開《ひら》いたドアの向《む》こうに、校長室《こうちょうしつ》の中《なか》が見《み》えた。

「ええっ……」「うわっ……」

そこにあったのは、学校《がっこう》らしくない光景《こうけい》。

応接室《おうせつしつ》も兼《か》ねた校長室《こうちょうしつ》は、思《おも》っていたより、ずっと広《ひろ》い。

そこに、会議用《かいぎよう》の長机《ながづくえ》が、いくつも持《も》ち込《こ》まれてた。

長机《ながづくえ》を合《あ》わせて会議《かいぎ》していたのは、校長先生《こうちょうせんせい》と吹田先生《ふきたせんせい》、そしてスーツ姿《すがた》の知《し》らない人《ひと》たち。

その周《まわ》りと、奥《おく》にあるのは、何台《なんだい》ものパソコンや、大小《だいしょう》いろいろなモニタ。モニタの画面《がめん》には、学校《がっこう》の見取《みと》り図《ず》や、表《ひょう》、数字《すうじ》。見取《みと》り図上《ずじょう》では色《いろ》とりどりの点《てん》が、ちらちらしながら動《うご》いている。

ちょうど、天《そら》さんのマンションで見《み》た光景《こうけい》に、それは似《に》ていた。

「……親父《おやじ》」

という輝《てる》の声《こえ》に、

「輝《てる》か」

スーツ姿《すがた》の人《ひと》の中《なか》でいちばんえらそうなおじさんが、言《い》った。

「は⁉」

私《わたし》は、ぽかーん……となった。

あれが輝《てる》のお父《とう》さん？

輝《てる》のお父《とう》さんは、パルのゲーム会社《がいしゃ》の社長《しゃちょう》さん。

っていうことは、この会議《かいぎ》は、パルに関《かん》する会議《かいぎ》で……。

このモニタとかパソコンとかは、パルのデータを見《み》たり、操作《そうさ》したりするためのもの！

「なるほど、パルのテスト期間《きかん》が終《お》わったってわけか？」

輝《てる》が、校長室《こうちょうしつ》にずんずんふみこんでいく。

「今日《きょう》が契約《けいやく》の日《ひ》、ってとこか、親父《おやじ》」

輝《てる》が、吹田先生《ふきたせんせい》の机《つくえ》から、書類《しょるい》の束《たば》を取《と》り上《あ》げ、私《わたし》たちに見《み》せた。

その表紙《ひょうし》に書《か》いてあるのは、

【『パル』生徒《せいと》データ取扱《とりあつかい》マニュアル】

「パル、生徒《せいと》、データ、取扱《とりあつかい》……!?」

カッツが、声《こえ》に出《だ》して読《よ》む。

「『取扱《とりあつかい》』って、うちらのパルのデータのこと？」

「先生《せんせい》が、勝手《かって》に使《つか》えることになってんの？」

「聞《き》いてないよ！」

レミちゃんたちがさけぶ。

「最初《さいしょ》っから、パルは、学校《がっこう》のスパイになるためのアプリだった、ってわけか」

輝《てる》が、低《ひく》くうなった。

「スパイ？　ははは、そんな言《い》い方《かた》はないだろう」

輝《てる》のお父《とう》さん、笑《わら》ってる!?

「君《きみ》たちが使《つか》っているスマホ、それは学習用《がくしゅうよう》だからな。大人《おとな》のスマホとはちがう。教育《きょういく》のためのデータ使用《しよう》については、契約書《けいやくしょ》に書《か》いてある」

「契約書《けいやくしょ》なんか読《よ》んでないしぃ」

カッツが口《くち》をとがらせる。

「説明会《せつめいかい》で、保護者《ほごしゃ》がサインしているだろうが、そのうち何人《なんにん》が目《め》を通《とお》しているかな」

希実十《きみと》が言《い》った。

「契約書《けいやくしょ》に書《か》いてあったって、うちらの生活《せいかつ》、のぞき見《み》していいわけない！」

レミちゃんが言《い》うと、マミちゃんとトモちゃんが、はげしくうなずいた。

「先生《せんせい》、今回《こんかい》は我《わ》が社《しゃ》のゲームアプリを役立《やくだ》てていただき、ありがとうございます」

輝《てる》のお父《とう》さんは突然《とつぜん》、改《あらた》まって頭《あたま》を下《さ》げた。その相手《あいて》は、吹田先生《ふきたせんせい》。

「いや……まあ……こういったことも、できるんだな、とは思《おも》いました、が……」

吹田先生《ふきたせんせい》は、ちらっとこちらを見《み》て、おびえたように口《くち》をつぐむ。

お父《とう》さんは、まっすぐに輝《てる》に向《む》かって話《はな》し始《はじ》めた。

「本日《ほんじつ》、パルのアプリを、この学校《がっこう》に買《か》っていただく。第一号《だいいちごう》のお客様《きゃくさま》だ。これから全国《ぜんこく》、そして世界《せかい》の一流《いちりゅう》の学校《がっこう》に広《ひろ》がっていく。息子《むすこ》のおまえも、胸《むね》をはっていい仕事《しごと》だぞ」

「パルは、兄貴《あにき》が作《つく》ったものだろ」

輝《てる》の声《こえ》、おこってる。

「兄貴《あにき》は……ただ、みんなを楽《たの》しませたくて、パル作《つく》ってたんじゃないのかよ？　それを、親父《おやじ》が助《たす》けてくれてるんだと、おれは思《おも》っていたのに……」

ぐいっとお父《とう》さんをにらんだ、輝《てる》の顔《かお》は、今《いま》までいちばんこわい顔《かお》だった。

「兄貴《あにき》の才能《さいのう》、利用《りよう》してんじゃねえか！」

輝《てる》がほえた。

「天《そら》が作《つく》り上《あ》げたゲーム世界《せかい》は、父《とう》さんも認《みと》めるよ。それをベースにして、生徒《せいと》の見守《みまも》りと指《し》導《どう》のためのまったく新《あたら》しいソリューションを提《てい》供《きょう》するのが——」

そのとき、

『キィ――――イイ！』

カギ・ノラモンがほえる声《こえ》が、校長室《こうちょうしつ》にひびいた。

校長室《こうちょうしつ》のモニタの画面《がめん》が、どんどん切《き》り替《か》わって、私《わたし》たちのスマホそれぞれの画面《がめん》を映《うつ》し出《だ》す。

ひとつひとつのモニタで、それぞれのパルが主役《しゅやく》になって、カギのノラモンと戦《たたか》ってる。

『チーズは、スパイになりたくないでチ！』

『ああ。やだね！』

パルたちの攻撃《こうげき》が、カギのノラモンに炸裂《さくれつ》する。

カギのノラモンの、体力《たいりょく》グラフが、どんどん下《さ》がっていく。

その画面《がめん》が、たくさんのスマホに映《うつ》ってる。

『父《とう》さん、病弱《びょうじゃく》なぼくにも仕事《しごと》をくれてありがとう。父《とう》さんの仕事《しごと》を手伝《てつだ》うのは、ずっとぼくの夢《ゆめ》だった。うれしかったよ』

天《そら》さんの声《こえ》が聞《き》こえてきた。カギのノラモンが、しゃべってるんだ。

『でも……パルのデータが原因《げんいん》で、実際《じっさい》に生徒《せいと》がうたがわれて、停学処分《ていがくしょぶん》を受《う》けたと知《し》って……ぼくはもう、やっていられなくなった』

「停学《ていがく》？　そんなことがあったんですか」

輝《てる》のお父《とう》さんは、校長先生《こうちょうせんせい》に向《む》き直《なお》る。

校長先生《こうちょうせんせい》は、コンピュータの画面《がめん》から目《め》を上《あ》げて、

「ああ、つい昨日《きのう》のことです」

と、こともなげに言《い》った。

「休日《きゅうじつ》に遊《あそ》んでいる生徒《せいと》の行動《こうどう》を、パルのデータを使《つか》って把握《はあく》しようと試《こころ》みたところ、問題行動《もんだいこうどう》とうたがわしい事例《じれい》が発覚《はっかく》した。また、パルの情報《じょうほう》を流《なが》して、ある特定《とくてい》の生徒《せいと》を集《あつ》めたところ、校則違反《こうそくいはん》の書籍《しょせき》を交換《こうかん》していたため、それを没収《ぼっしゅう》した……この吹田先生《ふきたせんせい》が、データの活用法《かつようほう》を、熱心《ねっしん》に考《かんが》えてくれましてね」

と、話《はなし》をふられて、吹田先生《ふきたせんせい》はまた、どぎまぎする。

「生徒指導《せいとしどう》にパルを活用《かつよう》できるかどうか、テストしろ、ということだったので」

ハンカチで額《ひたい》の汗《あせ》をぬぐう。

「パルが送受信《そうじゅしん》するメッセージを読《よ》みながら、パルのいる場所《ばしょ》を見《み》ていれば、だいたい、生徒《せいと》たちの行動《こうどう》がつかめました。その場《ば》に行《い》けば、事実《じじつ》を確認《かくにん》し、現場《げんば》を押《お》さえられる……」

吹田先生《ふきたせんせい》は、くまのできた目《め》を細《ほそ》めて、ちょっと笑《わら》う。

「パル……すごいな、使《つか》えるな、と思《おも》いました」

「お待《ま》ちください」

輝《てる》のお父《とう》さんの表情《ひょうじょう》が、険《けわ》しくなった。

「見守《みまも》りが必要《ひつよう》な生徒《せいと》のために、メッセージや位置情報《いちじょうほう》を見《み》られるようにはしてあります。しかし、一般《いっぱん》の生徒《せいと》のあらを見《み》つけるために、つねに監視《かんし》するのは、いかがなものかと」

「監視《かんし》されて困《こま》るような行動《こうどう》をしている者《もの》が、悪《わる》いのではないかね？」

校長先生《こうちょうせんせい》が、話《はなし》に割《わ》りこんだ。

「そういう問題《もんだい》ではないでしょう！」

輝《てる》のお父《とう》さんと校長先生《こうちょうせんせい》の言葉《ことば》の調子《ちょうし》が、はげしくなっていく。

それと同時《どうじ》に、パルたちの、ノラモンへの攻撃《こうげき》も、はげしくなる。

『スパイ、やだ〜』『やっだやっだ、やっだ〜』

となりどうしのパルが、手《て》をつなぎだした。

手《て》をつないだまま、イイネ玉《だま》をぽんぽんとノラモンに向《む》けて打《う》ち込《こ》む。

そうすると、イイネ玉《だま》は、普段《ふだん》よりもずっと強《つよ》くかがやいて、弾《はじ》け飛《と》ぶ。

『このノラモンが倒《たお》れたとき……』

天《そら》さんの声《こえ》が、ノラモンからひびく。

『パルのスパイ機能《きのう》は、みんなが見《み》ている前《まえ》で、完全《かんぜん》に削除《さくじょ》される。それが、ぼくが作《つく》っておいたこの特別《とくべつ》イベント、DELETE KEY《デリートキー》だよ』

ノラモン全体《ぜんたい》の色《いろ》が、ピンクっぽくなってくる。倒《たお》せそうなときの色《いろ》だ。

『さあ……そろそろ、終《お》わりに近《ちか》づいてきたね。最後《さいご》の一撃《いちげき》は、最強《さいきょう》のパルの持《も》ち主《ぬし》が、指示《しじ》しないといけない。それは……だれかな……?』

ノラモンはあっぷ、あっぷと、おぼれているような、変《へん》な動《うご》きをし始《はじ》めた。

いまだ。イイネ玉《だま》を連射《れんしゃ》しなくちゃ。

……あれ?

顔《かお》を上《あ》げたら、みんなが見《み》てた。

「学校《がっこう》でもっとも強《つよ》いパルは? 簡単《かんたん》な問題《もんだい》だ」

希実十《きみと》が言《い》うと、

「……逃《に》げないよね?」

カッツが上目《うわめ》づかいに、私《わたし》をにらんだ。

「やれますよ」

縁利《ゆかり》さんがほほえむ。

もっとも強《つよ》いパルの持《も》ち主《ぬし》は……。

「わかってんだろ」

輝《てる》が、こわい顔《かお》をしていた。

こわい顔《かお》だけど、もう、こわくない。

私《わたし》は、大《おお》きくうなずいた。

「チーズ、マチャ、ベビー……みんな、手《て》、つないで」

『チッチー！』

チーズが両《りょう》うでを広《ひろ》げると、マチャとベビーが、ぼんっ、ぼんっ、と肩《かた》の上《うえ》に乗《の》っかった。

パルたちはどんどん集《あつ》まって、手《て》をつなぎあって、何列《なんれつ》も横《よこ》に並《なら》んだ。

ファミリーじゃなくても、いざっていうときは、力《ちから》を合《あ》わせられるんだ……！

「イイネ玉《だま》、やるよ？」

『**おっけーぃ**』『**いざ出陣**《しゅつじん》』『**どすこいっ**』『**レッツゴー！**』

それぞれが、それぞれの声《こえ》を上《あ》げると、パルたちの上《うえ》に光《ひか》る玉《たま》が浮《う》かび上《あ》がる。

「本当《ほんとう》にいいんですか、みなさん」

校長先生《こうちょうせんせい》が、私《わたし》たちの顔《かお》を見《み》わたし、

「アプリを削除《さくじょ》、または改変《かいへん》しようとすると、アプリのデータが危《あぶ》ないのでは？　みなさんの大《たい》切《せつ》なパルはどうなります？」

輝《てる》のお父《とう》さんにきいた。

「ああ……そうでしたね、校長《こうちょう》」

輝《てる》のお父《とう》さんは、低《ひく》い声《こえ》で話《はな》し始《はじ》めた。

「校長《こうちょう》からのオーダーを受《う》け、一部《いちぶ》の機能《きのう》を削除《さくじょ》しようとすれば、アプリが消《き》えるようにしてあります。アプリが消《き》えれば……」

輝《てる》のお父《とう》さんは、輝《てる》を、私《わたし》を、そして、みんなを見《み》た。

「……パルが消《き》えます」

ざわっ。

私《わたし》は、背筋《せすじ》がすっと冷《つめ》たくなるのを感《かん》じた。

周《まわ》りの生徒《せいと》たちも、息《いき》をのむ。そして、ヒソヒソとしゃべり出《だ》す。

「パル、消《き》えちゃうの？」「あのノラモンを倒《たお》したら、スパイ機能《きのう》が消《き》えて……」「……ってか、パルのアプリが消《き》えて……」「……パルも消《き》えちゃうの!?」

「チーズ、待《ま》って！」

私《わたし》は思《おも》わずさけぶ。
『んが？』
チーズがこっちを見《み》た。パルたちのイイネ玉《だま》が、すうっと消《き》えた。
「……みんなのパルを……消《け》すなんて……できない」
どうしたらいいか、わかんないよ。
チーズとお別《わか》れ？　みんなは、みんなのパルとお別《わか》れ？
そんなの、無理《むり》！
『パルは消《き》えても、思《おも》い出《で》、本物《ほんもの》でチよ』
私《わたし》、ドキッとした。
「消《き》え……って、チーズ!?」
とたんに、すべてのモニタの画面《がめん》が、また切《き》り替《か》わった。
パルたちが両手《りょうて》を広《ひろ》げて、その間《あいだ》に、何枚《なんまい》もの写真《しゃしん》が並《なら》んでる。
1枚《まい》、1枚《まい》、その中《なか》の写真《しゃしん》を拡大《かくだい》して見《み》せてくれる。どんどん、どんどん。
これ、みんながパルのアプリで撮《と》ってた写真《しゃしん》だ。
みんなのパルとの思《おも》い出《で》が、いっぱい。

チーズと私《わたし》の思《おも》い出《で》も。
チーズと、私《わたし》と、マチャと、ベビーと、輝《てる》。まんが研究会《けんきゅうかい》、会長《かいちょう》さん、副会長《ふくかいちょう》さん。
マッチと、縁利《ゆかり》さんと、レミ、マミ、トモちゃん。
ジンベーと、カッツと黒《くろ》いパンツのラーメンズ。
フワコと、希実十《きみと》と、空飛《そらと》ぶサンマたち。
こんな私《わたし》だって、ひとりじゃなかった。
いっしょにいたのは、チーズだけじゃなかった。
そこにはパルと、仲間《なかま》たちがいて、たとえアプリが消《き》えたって、写真《しゃしん》は残《のこ》る。
ううん、たとえ写真《しゃしん》が消《き》えたって、記憶《きおく》が残《のこ》る。
この過《す》ごした時間《じかん》は、本物《ほんもの》だったから。
『チーズ、ダーリンと出会《であ》えて、ベビーと遊《あそ》べて、うれしかったでチ』
3匹《びき》が遊《あそ》ぶ写真《しゃしん》。うしろには輝《てる》がいる。
『晴《はる》ちゃんは、だれと出会《であ》いまチたか？』
輝《てる》が、すぐ横《よこ》で、チーズたちを見《み》てた。
「……」

思《おも》わず、その横顔《よこがお》を、まじまじと見《み》てしまう。

パルがいたから、出会《であ》った人《ひと》がいる。

『パルが消《き》えても、その人《ひと》は消《き》えないでチ』

「チーズ⁉」

『そしたら……パルは消《き》えないでチ』

パルは消《き》えない。


——パルとぼくを信《しん》じてくれるなら——きっと、このイベントは、成功《せいこう》する。


天《そら》さんの声《こえ》を思《おも》い出《だ》す。

パルからのメッセージは、天《そら》さんからのメッセージだ。

「兄貴《あにき》のこと、信《しん》じるだろ」

輝《てる》が、となりで言《い》った。

私《わたし》……うなずく。

「チーズ。みんな。手《て》をつないで！」

『おいっチー！』『おうよ』『ブビッ』『ラジャー！』『了解《りょうかい》』『はあ～い』『承知《しょうち》！』『うんっ』『まっかせて』『いいけど？』『やってやるぜ！』『へいへい』『オッケーイ！』……。

パルの数《かず》だけ、返事《へんじ》がある。

あのイイネ玉《だま》が、もういちどできあがる。

大《おお》きく、大《おお》きく、育《そだ》っていく。

私《わたし》は、もういちど、みんなの顔《かお》を見《み》た。

輝《てる》が、希実十《きみと》が、カッツが、縁利《ゆかり》さんが、うなずいた。

まんが研究会《けんきゅうかい》が、アネ系《けい》が。

仲間《なかま》たちが、うなずいた。

覚悟《かくご》は、できてる。天《そら》さんを、パルを、信《しん》じてる。思《おも》い出《で》を、信《しん》じてる。

「**ノラモンに、イイネ玉《だま》、投《な》げてぇぇぇぇ！**」

ゴオォ……ッ。
巨大《きょだい》なイイネ玉《だま》が、かがやきながらふんわりと持《も》ち上《あ》がり、ゆるーりと飛《と》んでいく。
巨大《きょだい》なカギのノラモンに、ぽ〜んと当《あ》たると、
『キィ――――イ……イ……』
ノラモンは、にこーっと笑《わら》ったまま、ピンク色《いろ》がこくなって、くらっとたおれる。
そして、消《き》えた。
ノラモンの姿《すがた》と、パルたちが、すべてのモニタから、消《き》えた。
スマホの画面《がめん》を見《み》ると、いつものアイコンがならんでる。
そこに、パルのアイコンは、もう、なかった。
「消《き》えた……」
ざわっ。
喜《よろこ》んでいいの？　でもパルは？
私《わたし》たちは、ただ、立《た》ちすくむ。
パルたちは消《き》えたの？　どこかに行《い》ってしまったの？　帰《かえ》ってくるの……？
輝《てる》のお父《とう》さんは、校長先生《こうちょうせんせい》に向《む》かって、ゆっくりと深《ふか》く頭《あたま》を下《さ》げた。

「このたびは、新作《しんさく》アプリのテストにご協力《きょうりょく》いただきまして、ありがとうございました」

ほかのスーツの人《ひと》たちは、いっせいに動《うご》き出《だ》した。モニタのコードを抜《ぬ》いたり束《たば》ねたり、台車《だいしゃ》にモニタをのせたりして、校長室《こうちょうしつ》を片《かた》づける。

「教育《きょういく》のため、そして、子供《こども》たちの見守《みまも》りのため。さらには、先生方《せんせいがた》の負担《ふたん》を減《へ》らしたい。そんな理念《りねん》を信《しん》じて、求《もと》められるままに、新《あたら》しい機能《きのう》を追加《ついか》してきましたが――」

輝《てる》のお父《とう》さんは、私《わたし》たちの顔《かお》をながめる。

「人間《にんげん》は、たとえ教育者《きょういくしゃ》であっても、便利《べんり》な方法《ほうほう》に飛《と》びついてしまう。使《つか》い方《かた》を使用者《しようしゃ》にまかせっきりにするのは、作《つく》る側《がわ》の無責任《むせきにん》だ、ということでしょうか」

そして、くやしそうに笑《わら》った。その顔《かお》は、少《すこ》しだけ、輝《てる》に似《に》ていた。

「ではこのアプリは、どうするんですか。購入《こうにゅう》はできないんですか？」

校長先生《こうちょうせんせい》が、戸惑《とまど》っている。

輝《てる》のお父《とう》さんは、校長室《こうちょうしつ》の真《ま》ん前《まえ》に立《た》った。

「相手《あいて》が子供《こども》といえど、プライバシーを侵害《しんがい》するアプリは販売《はんばい》できません。今回《こんかい》はテストだけで開発中止《かいはつちゅうし》です。残念《ざんねん》ですが、ね」

「……便利《べんり》だったのに」

と、つぶやいた吹田先生《ふきたせんせい》に、輝《てる》のお父《とう》さんは続《つづ》けて言《い》う。

「ネットセキュリティとか、スマートフォンの危険性《きけんせい》、なんてうんざりするほど聞《き》いたかもしれませんが、先生方《せんせいがた》もこの機会《きかい》に、勉強《べんきょう》しなおしてみてください。私《わたし》も、やり直《なお》します」

そして、輝《てる》のお父《とう》さんは、私《わたし》の顔《かお》を見《み》た。

「純粋《じゅんすい》にパルを楽《たの》しんでくれて、ありがとう。それなのに、君《きみ》たちにはつらい思《おも》いをさせてしまったね。だから今後《こんご》については……」

そして、輝《てる》のほうへ向《む》いた。

「天《そら》と2人《ふたり》でやるなら、あとでまとめて話《はなし》を聞《き》かせなさい。できるだけ援助《えんじょ》する」

「兄貴《あにき》と会《あ》ってもいいの⁉」

輝《てる》の顔《かお》が、ぱっとかがやいた。

「当《あ》たり前《まえ》だ」

そして、私《わたし》たちに向《む》かって頭《あたま》をさげると、

「では、失礼《しつれい》いたします」

さっそうと校長室《こうちょうしつ》を出《で》て行《い》った。

機材《きざい》を積《つ》んだ台車《だいしゃ》が、何台《なんだい》も、その後《あと》について出《で》て行《い》く。

校長室《こうちょうしつ》は、急《きゅう》に、がらんとなってしまった。

私《わたし》は、何《なに》か言《い》わなきゃいけないような、でも、余計《よけい》なことは言《い》わないほうがいいような、そんな気《き》がして、またドキドキしてきた。

「君《きみ》たちのおかげで、おどろきのテスト結果《けっか》になったな」

気《き》まずさを打《う》ち消《け》すように、口《くち》を開《ひら》いたのは、校長先生《こうちょうせんせい》だった。

「さ、そろそろ下校時刻《げこうじこく》だ。早《はや》く帰《かえ》りなさい」

まるで何事《なにごと》もなかったみたい。

みんなは、どうにもできなくて、ただ、ぞろぞろと動《うご》き始《はじ》める。

待《ま》っていても、パルは帰《かえ》ってこないみたいだった。

「スマホのスパイの機能《きのう》、消《き》えたんですよね？」

レミちゃんが、大《おお》きな声《こえ》で、校長先生《こうちょうせんせい》に聞《き》いた。

「私《わたし》たち、お酒《さけ》飲《の》んでないんですけど」「誤解《ごかい》なんです」「停学《ていがく》、取《と》り消《け》してください」

アネ系《けい》の3人《にん》は、口々《くちぐち》にうったえる。

「アプリは消《き》えた。スパイ機能《きのう》なんかない。停学《ていがく》は取《と》り消《け》し。明日《あした》から来《き》なさい」

と、校長先生《こうちょうせんせい》が、無愛想《ぶあいそう》に言《い》った。

3人《にん》は、やった！　と小《ちい》さな声《こえ》で言《い》い合《あ》って、早足《はやあし》で部屋《へや》を出《で》て行《い》く。

「おい、まん研《けん》」

吹田先生《ふきたせんせい》が、急《きゅう》に大《おお》きな声《こえ》を出《だ》す。まんが研究会《けんきゅうかい》の十数人《じゅうすうにん》が、ふり向《む》いた。

「職員室《しょくいんしつ》の、おれの机《つくえ》に置《お》いてあるやつ、取《と》ってから帰《かえ》れ」

あっ……没収《ぼっしゅう》された、まんがのことだ！

「おーっ」「あざーす！」「うははは」「正義《せいぎ》は勝《か》つ！」

いつもの明《あか》るい、のんきなまんが研究会《けんきゅうかい》だ。十数人《じゅうすうにん》がいっせいに、職員室《しょくいんしつ》へとかけ出《だ》していく。

「正義《せいぎ》じゃないだろ！　もう持《も》ってくるなよ！　あと、ろうか走《はし》るな！」

吹田先生《ふきたせんせい》は、いつもの調子《ちょうし》にもどそうと、わざと大《おお》きな声《こえ》を出《だ》しているみたいだった。

15

晴《はる》と仲《なか》間《ま》の放《ほう》課《か》後《ご》ゲーム

アネ系《けい》の3人《にん》と、駅《えき》で別《わか》れた。

そこからは、夕暮《ゆうぐ》れの商店街《しょうてんがい》を、4DX《フォーディーエックス》と歩《ある》く。

「ジンベー……また会《あ》える？　パル、消《き》えちゃった？」

カッツは、輝《てる》の顔《かお》を見上《みあ》げる。

「……」

輝《てる》は一瞬《いっしゅん》、言葉《ことば》につまったみたいだった。

だから代《か》わりに、私《わたし》が言《い》った。

「天《そら》さんのこと、信《しん》じる」

「お、おお。そうだよな」

輝《てる》は、ちょっとハッとしてから、笑《わら》った。

「兄貴《あにき》がなんか、考《かんが》えてるに決《き》まってる」

イベント「DELETE KEY《デリート キー》」で、パルをスパイにする機能《きのう》は、アプリごと消《き》えた。

それを、パルが大好《だいす》きな仲間《なかま》たちと、見届《みとど》けることができた。

でも、それだけなのかな？

天《そら》さんが考《かんが》えていることは、まだ、あるような気《き》がする。

ぽんっ、と、大《おお》きな手《て》が、私《わたし》の肩《かた》をたたいた。

「おつかれ」

輝《てる》だった。

「うん。また明日《あした》」

「帰《かえ》っちゃうの!?」「カツカレーは？」

カッツと縁利《ゆかり》さんが、希実十《きみと》といっしょに、こっちを見《み》る。

「また今度《こんど》！」

私《わたし》は大《おお》きく手《て》をふって、４人《にん》と別《わか》れた。

みんなで１つのことを、やりとげた——それだけで、胸《むね》がいっぱいだから。

４DX《フォーディーエックス》とは、これからゆっくり、もっともっと、仲良《なかよ》くなれると思《おも》う。

だから今日《きょう》の夕飯《ゆうはん》は、帰《かえ》ってママと食《た》べるんだ。

2週間《しゅうかん》くらい後《あと》の、放課後《ほうかご》。

天《そら》さんが、とつぜん、

「アロ〜ハ〜」

と、アロハシャツに短《たん》パンという姿《すがた》で、ビッグカツに現《あらわ》れた。本物《ほんもの》だった。

心《こころ》も体《からだ》も弱《よわ》り果《は》てて、電波《でんぱ》も届《とど》かないようなどこかで休養《きゅうよう》してる、って、言《い》ってたよね？

すごく元気《げんき》そうに見《み》えるんだけど、気《き》のせいかな？

「ちゃーんと、DELETE《デリート》 KEY《キー》をクリアしてくれたんだね。ありがとぉおおう！」

と、お土産《みやげ》のマカデミアナッツ入《い》りチョコをくれた。

天《そら》さんって、やっぱり、ふしぎな人《ひと》だ！


秋《あき》になって、冬《ふゆ》になって、お正月《しょうがつ》が過《す》ぎたころの、放課後《ほうかご》。

私《わたし》は、4DX《フォーディーエックス》といっしょに、また校長室《こうちょうしつ》にいた。

いつかと同《おな》じように、長《なが》いスチール机《づくえ》をくっつけて、会議《かいぎ》の席《せき》ができている。

でも、そこにすわっているのは、吹田先生《ふきたせんせい》やスーツの人《ひと》たちじゃなくて、私《わたし》たち。

「やーっと、できたよー！」

入《はい》ってきたのは、小《ちい》さな段《だん》ボール箱《ばこ》を抱《かか》えた、天《そら》さんだった。

「おっせーよ、兄貴《あにき》！」

と怒鳴《どな》る輝《てる》を無視《むし》して、

「はいっ、はいっ、はいっ。これをスマホの画面《がめん》に貼《は》ってから、アプリを起動《きどう》して」

天《そら》さんは、段《だん》ボール箱《ばこ》の中《なか》の物《もの》を、私《わたし》たちに配《くば》る。

校長先生《こうちょうせんせい》は、その様子《ようす》を、自分《じぶん》の大《おお》きな机《つくえ》から、じっと見《み》ている。

配《くば》られた物《もの》は、スマホの画面《がめん》と同《おな》じ大《おお》きさの、すごく薄《うす》くて透明《とうめい》な板《いた》。スマホの上《うえ》に乗《の》せると、ぴたりと画面《がめん》にはりついて、見《み》えなくなる。

画面《がめん》には、いつの間《ま》にか増《ふ》えていた、新《あたら》しいアイコンがある。

「このアプリで、いいんだよね……？」

その緑色《みどりいろ》のアイコンを……ぽんっ、とタッチ。

一瞬《いっしゅん》、［データを読《よ》み込《こ》み中《ちゅう》］と出《で》て、すぐその後《あと》に……。

『チッチィー！　はぁーぁあああ、よくねたでチ』

「うわぁあああっ、チーズ！」

『あれえ、晴《はる》ちゃん。チィッス』
チーズが、のびをしながら、のびぃいいいっ、と出《で》てきた。
画面《がめん》から、まるい身体《からだ》が出《で》っ張《ぱ》って、ぼよーん、と空中《くうちゅう》へ……！
「チーズが、外《そと》に、出《で》てきた!?」
『んんー、その声《こえ》は、チーズか？』
輝《てる》のスマホからは、マチャが出《で》てきてた。
『はうあぁっ、その声《こえ》はダーリン!?』
「スマホを近《ちか》づけてあげて」
天《そら》さんがそっと言《い》うから、私《わたし》のスマホを、輝《てる》のスマホにくっつけた。
するとチーズが、マチャの胸《むね》にとびこんで、
『ダァリィイイン！』**『うわっ、ぐわっ、ふぐぅううう』**
ぎゅうっとマチャを抱《だ》きしめた。マチャは苦《くる》しそう。その2匹《ひき》の間《あいだ》から、
『バブッフウ』
ぽんっ、とベビーも飛《と》び出《だ》した。
『ベビィイイイ！』**『バブギュウ』**『おまえら、いいかげんにしろ！』

3匹《びき》はだんごみたいになって、再会《さいかい》を喜《よろこ》んで（?）る。

カッツのジンベーも、縁利《ゆかり》さんのマッチも、そして希実十《きみと》のフワコも出《で》てきた。

「フワコッ……」

希実十《きみと》は涙《なみだ》ぐんでいる。

「みんな……また、会《あ》えた！」

すごくうれしい！

「でもどうやって……？　元《もと》のアプリ、消《き》えたのに」

「ぼくの手元《てもと》には、すべてのパルデータを暗号化《あんごうか》して、保存《ほぞん》しておいたデータがあるのさ」

天《そら》さんは、にっこり。

「つ、つまり？」

「そのデータを見《み》ても、ただの数字《すうじ》のかたまりだよ。でも、ぼくの作《つく》ったプログラムにかければ、もとのパルを取《と》り出《だ》せる。こんがらがった乾燥《かんそう》わかめを、お湯《ゆ》でもどすみたいにね」

「天《そら》さん！　すごい！」

私《わたし》は思《おも》わず、抱《だ》きついた。

輝《てる》はそれを見《み》て、ぽかんとしてる。

「おまえ……変《か》わったなー」

「え!?　あっ、ご、ごめんなさいっ！」

あわててはなれた。感激《かんげき》のあまり、つい！

それに、天《そら》さんってなぜか、パルみたいなかんじがするんだもの。

天《そら》さんは、楽《たの》しそうに笑《わら》ってた。

「では、これから半月《はんつき》をテスト期間《きかん》として――」

校長先生《こうちょうせんせい》が、机《つくえ》の上《うえ》のカレンダーを見《み》ながら、話《はな》し始《はじ》める。

「——その間《あいだ》は、学校内《がっこうない》の希望者《きぼうしゃ》だけに使《つか》ってもらう。全員《ぜんいん》の学習用《がくしゅうよう》スマホに入《い》れるかどうかは、3月《がつ》に……来年度《らいねんど》までに決《き》めるということで、どうかな」

「よろしくお願《ねが》いします！」

輝《てる》と天《そら》さんは、校長先生《こうちょうせんせい》と握手《あくしゅ》した。

こうして、天《そら》さんを社長《しゃちょう》にして、兄弟《きょうだい》の新《あたら》しいゲーム会社《がいしゃ》が始《はじ》まったんだ。


『外《そと》に出《で》よっ！　遊《あそ》びに行《い》くでチ！』

「わかったから、あわてないの」

おぼんにのせるように、チーズをスマホの上《うえ》に浮《う》かべて、私《わたし》は校舎《こうしゃ》の玄関《げんかん》に向《む》かう。

前庭《まえにわ》に出《で》ると、アネ系《けい》の3人《にん》が待《ま》ってた。

「うわーっ、チーズ、久《ひさ》しぶりぃ」「立体《りったい》……3D《スリーディー》だ！　3D《スリーディー》になってる！　すごい！」

3人《にん》とも、新《あたら》しいパルができるって聞《き》いて、楽《たの》しみに待《ま》ってたんだ。

「3D《スリーディー》になったかわりに、まだ、スマホの上《うえ》にしか、いられないんだけどな」

輝《てる》が説明《せつめい》すると、

「これから、じゃーんじゃん機能《きのう》を追加《ついか》していくから、待《ま》っててね」

と、天《そら》さんがつけ加《くわ》えた。

「じゃ、パルとパルが会《あ》いたいときには……」

「スマホの持《も》ち主《ぬし》どうしも、いっしょにいないといけない、ってこと？」

「なーるほどね～」

アネ系《けい》３人《にん》、じとーっと私《わたし》を見《み》る。

私《わたし》は輝《てる》とならんで、スマホをくっつけて、チーズとマチャたちを遊《あそ》ばせているところ……。

「なっ、なに」

「べつに～」

「じろじろ見《み》んじゃねえ」

「べつに見《み》てないし～」

最近《さいきん》、アネ系《けい》の３人《にん》も、４ＤＸ《フォーディーエックス》といっしょに過《す》ごすことが多《おお》くなって、わかったことがある。

輝《てる》は、この３人《にん》には、意外《いがい》と弱《よわ》いんだ！

「あれっ、チーズが浮《う》いてる」「すごいですねえ」

まんが研究会《けんきゅうかい》の子《こ》たちも、どんどん集《あつ》まってきた。

「はい、きみたちも新《あたら》しいパル、やってみる？」

天《そら》さんが、新《あたら》しいパルについて説明《せつめい》しながら、あのふしぎな透明板《とうめいばん》を、どんどん配《くば》っていく。

会長《かいちょう》さんが早口《はやくち》で、天《そら》さんにきく。

「あのですね。新《あたら》しいパルには、以前《いぜん》のようなことは起《お》こらないんですか？　つまりその、またパルがスパイ化《か》するというような」

「うーん、今《いま》のところ、メッセージのやりとりだって、直接会《ちょくせつあ》わないとできないくらいだし……スパイしたくなってもできないなあ。つまり、前《まえ》より不便《ふべん》だけど、安心《あんしん》だ」

天《そら》さんは、冗談《じょうだん》めかして説明《せつめい》した。

「写真《しゃしん》は？　パルと撮《と》れる？」

アネ系《けい》のトモちゃんがきいた。

そこ、実《じつ》は私《わたし》も、気《き》になってた！

天《そら》さんは、にっこり。

「撮《と》れますとも！」

と、胸《むね》を張《は》った。

「じゃ、撮《と》ろ！　チーズとみんなで撮《と》るの」

「はい並《なら》んで。晴《はる》っち、スマホ持《も》って真《ま》ん中《なか》！」

私《わたし》がスマホを持《も》って移動《いどう》すると、輝《てる》がマチャを連《つ》れて、ついてくる。

ちがう系《けい》、ちがう部活《ぶかつ》、ちがうグループ。でも、いっしょに遊《あそ》べる。いっしょに笑《わら》える。

チーズとマチャとベビーのまわりに、みんながぎゅーっと集《あつ》まって。

腕《うで》をぐーっとのばして、私《わたし》が友《とも》だちと、自撮《じど》りするよ。

「はーい、チ――――ズッ！」

おわり

あとがき

こんにちは！　この本《ほん》を手《て》に取《と》っていただきまして、本当《ほんとう》にありがとうございます！　新《あたら》しい物語《ものがたり》を書《か》くことができて、ここにそのあとがきを書《か》けることが、とても幸《しあわ》せです。

さて、あとがき……。……今回《こんかい》は、何《なに》を書《か》こうか、とてもなやむ！　まだなやんでる！

なぜなら、この本《ほん》には、私《わたし》が昔《むかし》っから好《す》きな物事《ものごと》が、たっぷり入《はい》っているからです。

ゲーム！　バーチャルペット！　スマートフォン！　キラキラ男子《だんし》と地味《じみ》な趣味《しゅみ》！　などなど。

好《す》きな物事《ものごと》だけじゃなくて、なやみも、この本《ほん》には入《はい》っています。

晴《はる》ちゃんは、人《ひと》としゃべるのが苦手《にがて》だそうだけど、私《わたし》もそうでした。

自分《じぶん》で言《い》うのもナンですが、私《わたし》は変《へん》な声《こえ》をしています。似《に》た声《こえ》の人《ひと》は、姉《あね》しか知《し》らないな……。

子《こ》どものころは、子《こ》どもらしいかわいい声《こえ》でしゃべれないってだけで、友《とも》だちの楽《たの》しい会話《かいわ》を、ぶちこわしている気《き》がしていました。

小学校《しょうがっこう》で合唱隊《がっしょうたい》に入《はい》って、最初《さいしょ》はソプラノのパートに配置《はいち》されて、それからメゾへ、そしてアルトへと移《うつ》されていきました。つまり、高《たか》いところ担当《たんとう》から、低《ひく》いところ担当《たんとう》へと、押《お》し流《なが》されていったのです。あー、私《わたし》は声《こえ》が低《ひく》いのか、と思《おも》いました。

中学高校《ちゅうがくこうこう》は女子校《じょしこう》でした。その中《なか》で、男子《だんし》みたいな声《こえ》を出《だ》せるということで、新《あたら》しい遊《あそ》びが生《う》まれました。今《いま》でいえば恋愛《れんあい》シミュレーションゲームの男子《だんし》の台詞《せりふ》みたいなのを、友《とも》だちにそっとささやくのです。ときどき、喜《よろこ》ばれました。

今《いま》となっては、ウクレレを弾《ひ》きながら、どう変《へん》な声《こえ》を使《つか》って変《へん》な歌《うた》を歌《うた》おうかと考《かんが》えるのが、楽《たの》しくてしかたがありません。あまりほめられませんが、気《き》にしないようにしています。

勝手《かって》なもんですが、このように、若《わか》いころには辛《つら》いなやみだったことも、長年《ながねん》かけて、これが自分《じぶん》だナと笑《わら》えるようになったりもするので、この本《ほん》の晴《はる》ちゃんにも、若《わか》いみなさんにも、深刻《しんこく》になりすぎずにいろいろ試《ため》してほしいな、と思《おも》います。

今回《こんかい》、粘《ねば》りに粘《ねば》ってくださった2人《ふたり》の担当編集者《たんとうへんしゅうしゃ》さま、つばさ文庫編集部《ぶんこへんしゅうぶ》のみなさま、そして漢字《かんじ》が学《まな》べる本《ほん》『トキメキ探偵《たんてい》マチカ★マジオ』に続《つづ》き2冊《さつ》めごいっしょできてうれしい池田春《いけだはる》香先生《かせんせい》、関《かか》わってくださったすべてのみなさまに感謝《かんしゃ》を申《もう》し上《あ》げます。そして読者《どくしゃ》のみなさまへ！　また、なるべく早《はや》く、どこかで会《あ》えますように！

二〇一八年《ねん》十月《がつ》　こぐれ　京《きょう》

角川つばさ文庫

こぐれ 京／作

神奈川県生まれ。おうし座A型。作家・脚本家。趣味はウクレレを弾いて歌うこと。主な作品に「サトミちゃんち」シリーズ、「裏庭にはニワ会長がいる!!」シリーズ、「南総里見八犬伝」、「うちら特権☆転校トラベラーズ!!」(以上、角川つばさ文庫）などがある。

池田春香／絵

漫画家・イラストレーター。漫画作品として『ロックアップ プリンス』(りぼんマスコットコミックス）などがあるほか、『たったひとつの君との約束』を連載中。児童書「ゆめ☆かわ ここあのコスメボックス」シリーズ（小学館ジュニア文庫)、『制服ジュリエット』(ポケット・ショコラ）や、数々の文庫のイラストも手がけている。

角川《かどかわ》つばさ文庫《ぶんこ》　Aこ2-56

4DX《フォーディーエックス》!!

晴《はる》とひみつの放課後《ほうかご》ゲーム

作《さく》　こぐれ 京《きょう》

絵《え》　池田春香《いけだはるか》

2018年11月15日　初版発行

発行者　郡司 聡
発　行　株式会社KADOKAWA
　　　　〒102-8177　東京都千代田区富士見 2-13-3
　　　　電話　0570-002-301(ナビダイヤル)
印　刷　暁印刷
製　本　BBC
装　丁　ムシカゴグラフィクス

ISBN978-4-04-631854-1　C8293　N.D.C.913　207p　18cm

読者のみなさまからのお便りをお待ちしています。下のあて先まで送ってね。
いただいたお便りは、編集部から著者へおわたしいたします。

〒102-8078　東京都千代田区富士見 1-8-19　角川つばさ文庫編集部